オールカラー

365天 差很大

每天**10**分鐘

日語發音

MP3

吉松由美 著

自學就會

練習發音‧會話‧單字集

精細圖片解說＋
標準東京腔，
準確掌握發音精髓
不用到日本！

50音到單字、例句，
漸進式學生活會話，
口說功力大進級！

用聽的學日文，
熟悉日文語感，
聽習慣自然可以
自信開口說！

U0080342

山田社

前言 はじめに

初學日語，發音是最重要的基石，
每天只要短短 10 分鐘，
365 天後你就能大幅領先別人！
一舉贏在起跑點！

　　一年聽起來很長，卻是由 365 個一天，一點、一滴累積而來的。只要每天多努力一點點，一年後的成果也會相當可觀。反之，每天漫無目的無意識的過日子，一年的寶貴時光也會在不知不覺間轉瞬即逝。因此，千萬不要小看每日這點滴的努力，日復一日堅持 365 天，一年後你會跟別人差很大。

　　每天只要 10 分鐘，輕鬆掌握日語 50 音的發音秘訣。學習語言，關鍵就在發音，一旦說得正確，自然就能聽得準確。而一口標準的日語腔，不只能讓您產生自信、拉近與日本友人之間的距離，也是一流、專業的表現。想要成為日語達人，絕對要掌握最關鍵的發音基礎！

　　然而外國人學習語言，常會受到自己習慣的發聲方式影響，就算有日本人親身示範，可能還是不太知道該怎麼發音。本書將為您完全拆解日語 50 音的發聲方式，並搭配嚴選出來的單字、例句及會話完成串聯式記憶，再加上大量的練習題，讓您透過活用，確實將知識深植在腦海中，那就是一輩子誰也帶不走的寶藏！

　　此外，本書也強調音調的重要性，例如：「はし」（ha shi）就有「筷子」和「橋」的意思，只要單字重音一念錯，本來要講「筷子」，一不小心就變成「橋」了，別人也會聽得一頭霧水，為此，書中單字都幫您標注重音符號，給您最完整的發音教材，自然而然地養成您說一口標準日語的好習慣！

本書特色：

▼ 完全解密日語 50 音的發聲祕訣！

　　從母音到子音，循序漸進地讓您瞭解日語的發聲方式。搭配解說圖片，從開口的大小、舌頭的位置、嘴唇的狀態…，都鉅細靡遺的呈現在您的面前。宛如您的貼身日文家教，讓您不用去日本，也能學會最道地的發音方式。且瞭解最基礎的原理，後續的學習過程就能夠舉一反三，無所不通！

▼ 50 音→單字→句子→情境會話，漸進式學習，串連記憶更穩固！

　　專為入門學習者設計的漸進式學習結構，讓您先從發音規則開始學起，接著是單字、例句的使用，再慢慢把這些知識融會貫通，開始練習怎麼用日語對話，階段式的把所有學好日語的重要關鍵一一掌握。不只初學日語者能用以打下良好基礎，也適合想從頭複習、矯正發音的讀者使用。每天只需要 10 分鐘，365 天差距就很大！

▼ 豐富練習，全面提升您的日語活用力！

　　本書內含豐富、多變的練習題目，再搭配全彩的精美插圖，目的就是要讓學習日文不再是枯燥的死讀書，而是像玩通關遊戲一樣，一關關綜合考驗您聽、說、讀、寫的基礎能力。讓您學得更開心、更有成就感，並從做中學、學中做的循環之中慢慢將這些能力內化成自己的！我們要提供給您的並不只是停留在書本上的知識，更是要培養您的活用能力，讓您在未來學習日語的路上，都可以舉一反三、一說就通！

▼ 專業日本教師精心錄製，標準發音帶著走！

　　如果光看文字敘述不足以完全理解發音該怎麼發，還有內附專業日本老師錄製的光碟，幫助您更進一步瞭解發音的奧祕。聽著日籍老師的標準發音，利用學習語言最有效的利器：「跟讀法 (shadowing)」，一邊回想您在書本上學習到的所有發音知識，一步一腳印地揣摩老師的發音，就能慢慢抓到發音的精髓，帶走一口道地的日語！

　　此外，本書 50 音到情境會話的漸進式學習法中，所有練習皆搭配著聽力。以訓練您的日文語感及對標準發音的敏感度，並一步一腳印的幫助您從讀到說無縫接軌。讓您的聽力及發音自然而然的大幅進步，再也不用擔心學了半天卻還是聽不懂了。

　　學習語言就是要不斷開口說，有了漂亮的發音，就會開始產生信心，絕對會迫不及待地想要開口說日語了吧！知道發音祕訣的您，也不用害怕一開口就會鬧笑話，只要勇敢的跟日本人開始用日語聊天，您的日語能力絕對會直線上升！大膽跨出第一步吧！

目錄 もくじ

本書使用方法 ほんしょのつかいかた

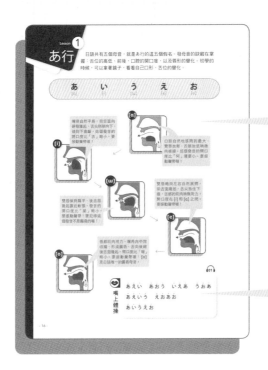

1
透視圖＋發音要點說明
利用透視口中的圖片，加上簡單且有效地舉出 2 ～ 3 個要點，進行文字說明。主要說明唇、舌、顎等的動作，口腔或鼻腔空氣的流動，聲音要不要振動等等。

2
假名發音練習
這裡要把口形變化和聽到的聲音連起來，就能夠慢慢體會各種發音。經過一而再再而三的練習，可以把口、耳練順練熟！

3
練習發音用的單字
好好聽準發音，大聲跟著唸。這裡的單字特別精選學過的假名，經過不斷地複習，可以學得又準又快。

4
發音練習用的句子
這裡精選出日常生活使用頻率最高的句子，可以背誦起來，找機會盡量賣弄。

5
發音練習用的「繞口令」
句子裡不僅有許多可供練習用的發音，而且還包括容易混淆的發音，可用來學會控制和支配自己的發音器官。雖說是繞口令，但剛開始不需要說太快。就以輕鬆的心情來挑戰吧！

6 正確語調訓練

語音語調不準確，會影響聽力，造成書寫錯誤，這樣就沒有辦法正確接收外部信息。有鑑於此，為了提高審音和辨音的能力我們精心出了各式問題。主要是為了讓讀者掌握發音，進而學會正確發音、書寫的竅門。只要堅持不懈多做問題、多練習、多體會，積以時日，一定會有成效的。

7 單字的重音練習

這裡完全排除複雜而枯燥的重音標示法，只以「直覺法」把音讀高的假名圈選起來。通過易學易懂的講解，達到最佳、最快的學習效果。

8 跟讀法 (shadowing)

緊跟著專業錄音老師後面朗讀，練習正確日語腔調部分。只要老師唸完一個句子，就換你緊跟著後面，照著老師的腔調朗讀，透過一而再，再而三的模仿，絕對學得字正腔圓。

9

角色扮演式的迷你小對話
這是集合假名的發音、重音及句調的練習部分。就讓自己扮演一下劇中人物,把喜、怒、哀、樂的感情投入,盡情表演吧!

10

聽聽我說
請邊聽 CD 邊看插圖,最後回答問題。剛開始可以先看插圖,再聽 CD,這樣就更容易回答了。由於問題的日文部分,只唸一次,如果第一次沒完全聽懂,可以重聽 2、3 次。因為這並不是考試,所以第一次沒完全聽懂是沒關係的!回答後,請翻到後面的「答案」,仔細確認答案的日文和翻譯!

11

聽聽你說
以「聽聽我説」的內容,再練習一次。等 CD 播放了一個句子,就按下暫停,以自己的速度,跟在後面模仿老師唸一次。「聽聽你説」沒有附上插圖及日文,請邊想像內容,邊模仿 CD 朗讀。最後到「答案」單元,確認自己模仿的有無正確。反覆練習、仔細體會聽錯的假名,一定能大大提升自己的審音和辨音及語調、句調的能力。

發音與假名　はつおんとかな

❶ 日語發音學習方法

　　除了書本以外，還附有專業日籍老師錄製的 CD。想把口、耳練訓了，就要配合 CD 多聽多練，這樣「熟」就能生巧了。這裡建議你：

1）重複、重複、再重複反覆聽！

2）模仿老師，大聲唸！

3）錄下自己的發音！

4）比較老師跟自己的發音！

5）如果跟老師的發音不同的地方，要重聽 CD，反覆、反覆、再反覆練習！

6）句子部分，要緊跟老師後面唸，練習道地語調！

❷ 發音器官

1. 上唇
2. 下唇
3. 上齒
4. 下齒
5. 齒齦
6. 舌尖
7. 前舌面
8. 中舌面
9. 後舌面
10. 硬顎
11. 軟顎
12. 小舌
13. 口腔
14. 鼻腔
15. 下巴
16. 咽頭
17. 聲帶

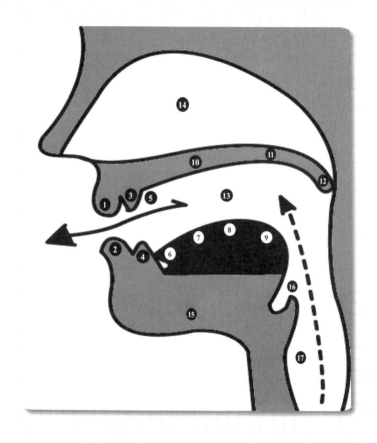

❸ 假名與發音

日語字母叫「假名」。每個假名都有兩種寫法，分別叫平假名和片假名。平假名是由中國漢字草書發展而成的，一般用在印刷和書寫上；片假名是由中國漢字楷書的部首演變而成的，一般用來標記外來語和某些專有名詞。下列表中括號內為片假名。

基本上一個假名是一個發音單位，大部分由一個子音和一個母音構成。而特色是以母音為結尾。日語假名共有七十個，分為清音、濁音、半濁音和撥音（撥音請見第 106 頁）四種。

日語假名表中，以 5 個母音假名為縱軸（稱為段），以子音與 5 個母音拼成的假名為橫軸（稱為行）所組成的。其中，五十音圖包含了日語的基本假名，必須要分行分段把它記熟喔！

清音表（五十音圖）

🎧 00

行＼段	あ（ア）段	い（イ）段	う（ウ）段	え（エ）段	お（オ）段
あ（ア）行	あ（ア） a [a]	い（イ） i [i]	う（ウ） u [ɯ]	え（エ） e [e]	お（オ） o [o]
か（カ）行	か（カ） ka [ka]	き（キ） ki [ki]	く（ク） ku [kɯ]	け（ケ） ke [ke]	こ（コ） ko [ko]
さ（サ）行	さ（サ） sa [sa]	し（シ） shi [ʃi]	す（ス） su [sɯ]	せ（セ） se [se]	そ（ソ） so [so]
た（タ）行	た（タ） ta [ta]	ち（チ） chi [tʃi]	つ（ツ） tsu [tsɯ]	て（テ） te [te]	と（ト） to [to]
な（ナ）行	な（ナ） na [na]	に（ニ） ni [ni]	ぬ（ヌ） nu [nɯ]	ね（ネ） ne [ne]	の（ノ） no [no]
は（ハ）行	は（ハ） ha [ha]	ひ（ヒ） hi [çi]	ふ（フ） fu [Φɯ]	へ（ヘ） he [he]	ほ（ホ） ho [ho]
ま（マ）行	ま（マ） ma [ma]	み（ミ） mi [mi]	む（ム） mu [mɯ]	め（メ） me [me]	も（モ） mo [mo]
や（ヤ）行	や（ヤ） ya [ja]	い（イ） i [i]	ゆ（ユ） yu [jɯ]	え（エ） e [e]	よ（ヨ） yo [jo]
ら（ラ）行	ら（ラ） ra [ra]	り（リ） ri [ri]	る（ル） ru [rɯ]	れ（レ） re [re]	ろ（ロ） ro [ro]
わ（ワ）行	わ（ワ） wa [wa]	い（イ） i [i]	う（ウ） u [ɯ]	え（エ） e [e]	を（ヲ） o [o]
					ん（ン） n [n,m,ŋ…]

❖ 濁音

日語子音裡，存在著清濁音的對立，例如，か [ka] 和が [ga]、た [ta] 和だ [da]、は [ha] 和ば [ba] 等的不同，實際上是子音的 [k,t,h] 和 [g,d,b] 的不同。不同在什麼地方呢？不同在前者發音時，聲帶不振動；相反地，後者就要振動聲帶了。

濁音共有二十個假名，但實際上不同的發音只有十八種。濁音的寫法是，在濁音假名右肩上打兩點。

濁音表

行＼段	あ（ア）段	い（イ）段	う（ウ）段	え（エ）段	お（オ）段
か（カ）行	が（ガ） ga [ga]	ぎ（ギ） gi [gi]	ぐ（グ） gu [gɯ]	げ（ゲ） ge [ge]	ご（ゴ） go [go]
さ（サ）行	ざ（ザ） za [dza]	じ（ジ） ji [dʑi]	ず（ズ） zu [dzɯ]	ぜ（ゼ） ze [dze]	ぞ（ゾ） zo [dzo]
た（タ）行	だ（ダ） da [da]	ぢ（ヂ） ji [dʑi]	づ（ヅ） zu [dzɯ]	で（デ） de [de]	ど（ド） do [do]
は（ハ）行	ば（バ） ba [ba]	び（ビ） bi [bi]	ぶ（ブ） bu [bɯ]	べ（ベ） be [be]	ぼ（ボ） bo [bo]

❖ 半濁音

同時和「清音」和「濁音」相對的是「半濁音」，半濁音性質上其實是比較接近清音的。但它既不能完全歸入「清音」，也不完全屬於「濁音」，所以只好讓它「半清半濁」了。半濁音的寫法是，在濁音假名右肩上打上一個小圈。

半濁音表

は（ハ）行	ぱ（パ） pa [pa]	ぴ（ピ） pi [pi]	ぷ（プ） pu [pɯ]	ぺ（ペ） pe [pe]	ぽ（ポ） po [po]

✤ 拗音

　　い段假名和「や」、「ゆ」、「よ」所拼而成的音節叫「拗音」。拗音音節只讀一拍的長度。拗音音節共有三十六個，但其中三個音相同，所以實際上只有三十三個。

拗音表

きゃ（キャ） kya [kja]	きゅ（キュ） kyu [kjɯ]	きょ（キョ） kyo [kjo]
ぎゃ（ギャ） gya [gja]	ぎゅ（ギュ） gyu [gjɯ]	ぎょ（ギョ） gyo [gjo]
しゃ（シャ） sya [ʃa]	しゅ（シュ） syu [ʃɯ]	しょ（ショ） syo [ʃo]
じゃ（ジャ） ja [ʤa]	じゅ（ジュ） ju [ʤɯ]	じょ（ジョ） jo [ʤo]
ちゃ（チャ） cha [tʃa]	ちゅ（チュ） chu [tʃɯ]	ちょ（チョ） cho [tʃo]
ぢゃ（ヂャ） ja [ʤa]	ぢゅ（ヂュ） ju [ʤɯ]	ぢょ（ヂョ） jo [ʤo]
にゃ（ニャ） nya [nja]	にゅ（ニュ） nyu [njɯ]	にょ（ニョ） nyo [njo]
ひゃ（ヒャ） hya [ça]	ひゅ（ヒュ） hyu [çɯ]	ひょ（ヒョ） hyo [ço]
びゃ（ビャ） bya [bja]	びゅ（ビュ） byu [bjɯ]	びょ（ビョ） byo [bjo]
ぴゃ（ピャ） pya [pja]	ぴゅ（ピュ） pyu [pjɯ]	ぴょ（ピョ） pyo [pjo]
みゃ（ミャ） mya [mja]	みゅ（ミュ） myu [mjɯ]	みょ（ミョ） myo [mjo]
りゃ（リャ） rya [rja]	りゅ（リュ） ryu [rjɯ]	りょ（リョ） ryo [rjo]

平片假名字源表

〔平假名〕 中國漢字草書演變而來	〔片假名〕 中國漢字楷書演變而來
安→あ 以→い 宇→う 衣→え 於→お	阿→ア 伊→イ 宇→ウ 江→エ 於→オ
加→か 幾→き 久→く 計→け 己→こ	加→カ 幾→キ 久→ク 介→ケ 己→コ
左→さ 之→し 寸→す 世→せ 曾（會）→そ	散→サ 之→シ 須→ス 世→セ 曾（會）→ソ
太→た 知→ち 川→つ 天→て 止→と	多→タ 千→チ 川→ツ 天→テ 止→ト
奈→な 仁→に 奴→ぬ 祢（禰）→ね 乃→の	奈→ナ 二→ニ 奴→ヌ 祢（禰）→ネ 乃→ノ

波→は 比→ひ 不→ふ 部→へ 保→ほ	八→ハ 比→ヒ 不→フ 部→ヘ 保→ホ
末→ま 美→み 武→む 女→め 毛→も	末→マ 三→ミ 牟→ム 女→メ 毛→モ
也→や 由→ゆ 与→よ	也→ヤ 由→ユ 與（与）→ヨ
良→ら 利→り 留→る 礼（禮）→れ 呂→ろ	良→ラ 利→リ 流→ル 礼（禮）→レ 呂→ロ
和→わ 遠→を 无→ん	和→ワ 乎→ヲ 尔→ン

❹ 音調

　　什麼是音調？是指詞語發音的高低、強弱變化。日語叫「アクセント」，一般譯為音調或聲調。日語標示音調的方法，除了在假名上畫線的方法以外，還有好多種。本書採用的是數字標調法。

　　數字標調法，要先掌握音調「核」。什麼是音調核？是指音調由高調轉到低調的地方，也就是音調下降之處。一個單字，只要知道音調從第幾個音節之後轉為低調，就可以確定它的調型。因此，只要用數字標出音調核的位置，也就是最後一個高調音節，就很容易知道單字的調型了。例如：

⓪　表示第一個假名低讀，後面的假名音調升高，如果後接助詞也要高接。因為沒有音調核 (由高調轉到低調的地方)，所以標示⓪。例：

いす【椅子】⓪　　　　　　いすを【椅子を】⓪

わたし【私】⓪　　　　　　わたしは【私は】⓪

①　表示第一個假名高讀，後面的假名音調要降低，如果後接助詞等也要低接。因為音調核在第一音節，所以標示①。例：

あせ【汗】①　　　　　　　あせを【汗を】①

にもつ【荷物】①　　　　　にもつを【荷物を】①

②　表示第二個假名高讀，前後的假名音調要降低，如果後接助詞等也要低接。因為音調核在第二音節，所以標示②。例：

あなた ②　　　　　　　　あなたは ②

みみ【耳】②　　　　　　　みみを【耳を】②

③　表示第二、三個假名高讀，前後的假名要降低，如果後接助詞等也要低接。因為音調核在第三音節，所以標示③。例：

あたま【頭】③　　　　　　あたまが【頭が】③

やまざくら【山桜】③　　　やまざくらは【山桜は】③

④　表示第二、三、四個假名要高讀，前後的假名要降低，如果後接助詞等也要低接。因為音調核在第四個音節，所以標示④。例：

いもうと【妹】④　　　　　いもうとは【妹は】④

後面，以此類推。

日語發音 自學就會

登場人物

林志明
台灣留學生。活發、開朗、好奇心旺盛。功課平平。

田中太郎
日本學生。斯文、健談。喜歡長篇大論。功課中上。

金文玲
台灣留學生。美麗、大方。任性又迷糊。功課平平。

中山理香
日本學生。親切、優雅。文靜中又帶些淘氣。功課好。

あ行

日語共有五個母音，就是あ行的這五個假名。發母音的訣竅在掌握：舌位的高低、前後，口腔的開口度，以及唇形的變化。初學的時候，可以拿著鏡子，看看自己口形、舌位的變化。

あ	い	う	え	お
[a]	[i]	[ɯ]	[e]	[o]

[a]

口腔自然地張開到最大，雙唇放鬆，舌頭放低稍微向後縮。這個發音的開口度比「阿」還要小。要振動聲帶喔！

[i]

嘴唇自然平展，前舌面向硬顎隆起，舌尖稍稍向下，碰到下齒齦。這個發音的開口度比「衣」略小。要振動聲帶喔！

[ɯ]

雙唇保持扁平，後舌面隆起靠近軟顎。發音的開口度比「屋」略小。要振動聲帶！要記得這個發音不是圓唇的喔！

雙唇略向左右自然展開，前舌面隆起，舌尖抵住下齒，舌部的肌肉稍微用力。開口度在 [i] 和 [a] 之間。要振動聲帶喔！

[e]

[o]

唇部肌肉用力，嘴角向中間收攏，形成圓唇，舌向後縮後舌面隆起。開口度比「喔」略小。要振動聲帶喔！[o] 是日語唯一的圓唇母音。

01

嘴上體操

あえい　あおう　いえあ　うおあ
あえいう　えおあお
あいうえお

📖 單字

- □ あい【愛】① 愛
- □ あう【会う】① 見面
- □ あお【青】① 藍色
- □ いえ【家】② 房子
- □ おう【追う】⓪ 追趕
- □ うえ【上】⓪ 上面
- □ うお【魚】⓪ 魚
- □ おい【甥】⓪ 姪子

💬 句子

▸ いい　におい。
└いい　匂い」
好香。

▸ あの　いえの　うえ。
└あの　家の　　　上」
那個家的上面。

▸ えい、えい、おう。
哎、哎、喔！（工作時的吆喝聲）

🎵 繞口令

♪ うみは　あおあお、そらも　あおあお。
└海は　青々、　　空も　　　青々」
大海青青，天空藍藍。

聽假名

聽聽看，到底是「あ、い、う、え、お」的哪一個假名呢？把你聽到的打個「✓」。

例　☑あ　□い　□う　□え　□お

❶　□あ　□い　□う　□え　□お

❷　□あ　□い　□う　□え　□お

❸　□あ　□い　□う　□え　□お

❹　□あ　□い　□う　□え　□お

❺　□あ　□い　□う　□え　□お

❻　□あ　□い　□う　□え　□お

❼　□あ　□い　□う　□え　□お

聽寫假名

聽聽看，到底是「あ、い、う、え、お」的哪一個假名呢？把你聽到的寫上去。

例　う

❶

❷

❸

❹

❺

❻

❼

聽寫單字

聽聽看，把你聽到的單字寫上去。

例　あお　❷　　　❹　　　❻

❶　　　❸　　　❺　　　❼

🎧 單字重音

把單字裡的重音，也就是把高讀的假名圈出來（重音說明在 P.14）。

例	❶	❷
あ̊い	あう	あお

❸	❹
いえ	おう

❺	❻	❼
うえ	うお	おい

😊 跟著我說

老師一唸完，就換你緊跟著唸！

換你唸看看，唸完一次就打個 ∨ 吧！

《おはよう　ございます。》

早安！

《いい　おてんきですね。》

「いい　お天気ですね」

天氣真好啊！

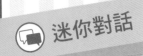
　　林志明是來自台灣的留學生，雖然功課平平，但是活潑開朗，人緣相當好，他最欣賞體貼又帶點調皮的日本同學理香了。今天上午，林志明在校園內碰見理香，兩人互相打了聲招呼。

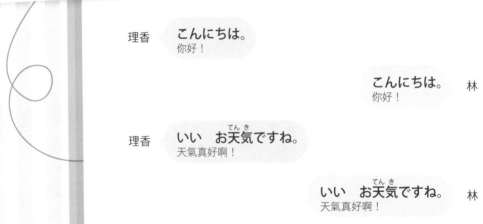

理香　**こんにちは。**
　　　你好！

こんにちは。　林
你好！

理香　**いい　お天気ですね。**
　　　天氣真好啊！

いい　お天気ですね。　林
天氣真好啊！

✏️ **聽聽我說**　聽聽 1～5 的寒暄用語，是下面的哪個圖？請按照 CD 中 1～5 的順序，填入數字到 A～E 的方格中。

A ☐ こんにちは／你好！

B ☐ おやすみなさい／晚安！

C ☐ おはよう　ございます／您早！

D ☐ こんばんは／晚上好！

E ☐ さようなら／再見！

😊 **聽聽你說**

　　上面的內容再練習一次。等 CD 播放了一個句子，就按下暫停，以自己的速度，跟在後面模仿老師唸一次。

か行

か行是由子音 [k] 和五個母音 [ɑ][i][ɯ][e][o] 相拼而成的。

か	き	く	け	こ
[kɑ]	[ki]	[kɯ]	[ke]	[ko]

[k]

讓後舌面，跟就在它上面的軟顎接觸，把氣流擋起來，然後很快放開，讓氣流衝出來。不要振動聲帶喔！

[ɑ]

[i]

[ɯ]

[e]

[o]

+

07

嘴上體操

かけき　かこく　きけか　くこか
かけきく　けこかこ
かきくけこ

📖 單字

- ☐ かき【柿】⓪ 柿子
- ☐ かく【書く】① 寫
- ☐ きく【菊】⓪ 菊花
- ☐ ここ ⓪ 這裡
- ☐ あかい【赤い】⓪ 紅的
- ☐ あき【秋】① 秋天
- ☐ いけ【池】② 池塘
- ☐ えき【駅】① 車站

💬 句子

▸ **あかい　かき。**
└赤い　　柿┘
紅柿子。

▸ **おおきい　きく。**
└大きい　　菊┘
大朵菊花。

▸ **こい　ココア。**
└濃い　ココア┘
濃濃的可可亞。

🎵 繞口令

♪ **あきこの　こい、けいこの　あい。**
└秋子の　　恋、　恵子の　　　　愛┘
秋子的戀情，惠子的愛情。

聽假名

聽聽看，到底是「か、き、く、け、こ」的哪一個假名呢？把你聽到的打個「∨」。

例　☐か ☐き ☑く ☐け ☐こ　　④ ☐か ☐き ☐く ☐け ☐こ

① ☐か ☐き ☐く ☐け ☐こ　　⑤ ☐か ☐き ☐く ☐け ☐こ

② ☐か ☐き ☐く ☐け ☐こ　　⑥ ☐か ☐き ☐く ☐け ☐こ

③ ☐か ☐き ☐く ☐け ☐こ　　⑦ ☐か ☐き ☐く ☐け ☐こ

聽寫假名

聽聽看，到底是「か、き、く、け、こ」的哪一個假名呢？把你聽到的寫上去。

例　こ　　④

①　　⑤

②　　⑥

③　　⑦

聽寫單字

聽聽看，把你聽到的單字寫上去。

例　ここ　② 　④ 　⑥

① 　③ 　⑤ 　⑦

 **單字重音**　把單字裡的重音，也就是把高讀的假名圈出來（重音說明在 P.14）。

例	❶	❷
か**き**	かく	きく

❸	❹
ここ	あかい

❺	❻	❼
あき	いけ	えき

 **跟著我說**　老師一唸完，就換你緊跟著唸！

換你唸看看，唸完一次就打個 ∨ 吧！

《 わたしは　たなかです。》
└ 私は　　　田中です 」
我叫田中。

《 よろしく　おねがいします。》
└ よろしく　お願いします 」
請多指教。

迷你對話

林志明剛搬新家，到隔壁的橋本家打招呼。橋本家是兩層透天的雅致房子，前面有個美麗的小庭院。每天林志明從窗外都可以看到，優雅的橋本太太精心地整理庭院，心想得找一天去跟她寒暄一下。

はじめまして。林^{リン}です。台湾^{たいわん}から 来^きました。　林
初次見面，我姓林，從台灣來的。

橋本　はじめまして。橋本^{はしもと}です。
初次見面，我姓橋本。

よろしく お願^{ねが}いします。　林
請多指教。

橋本　どうぞ よろしく。
請多指教。

🎙 **聽聽我說**　四個人在自我介紹。聽聽 1 ～ 4 的自我介紹內容，是下面的哪個人物？
請按照 CD 中 1 ～ 4 的順序，選出 A ～ D 的答案，並填寫在方格中。

C たなかさん【田中さん】田中先生

A キンさん【金さん】金小姐

B リンさん【林さん】林先生

D なかやまさん【中山さん】中山小姐

答案 ANS　❶　　　　❷　　　　❸　　　　❹

🎧 **聽聽你說**

　　上面的內容再練習一次。等 CD 播放了一個句子，就按下暫停，以自己的速
度，跟在後面模仿老師唸一次。

さ行

さ行五個假名是子音 [s] 和母音 [ɑ][ɯ][e][o]，子音 [ʃ] 和母音 [i] 相拼而成的。

さ	し	す	せ	そ
[sɑ]	[ʃi]	[sɯ]	[se]	[so]

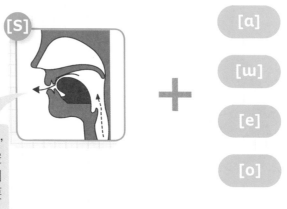

[S]

舌尖往上接近上齒齦，中間要留一個小小的空隙，再讓氣流從那一個小空隙摩擦而出。不要振動聲帶喔！

[ɑ]
[ɯ]
[e]
[o]

[ʃ]

抬起舌葉，讓舌葉接近上齒齦和硬顎，中間要形成一條窄窄的縫隙，讓氣流摩擦而出。聲帶不要振動喔！

[i]

🎧 13

👄 嘴上體操

させし　さそす　しせさ　すそさ
させしす　せそさそ
さしすせそ

📖 單字

□ さけ【酒】⓪ 酒

□ しお【塩】② 鹽

□ すいか ⓪ 西瓜

□ すし【寿司】① 壽司

□ せかい【世界】① 世界

□ せき【席】① 座位

□ そこ ⓪ 那裡

□ あさ【朝】① 早晨

💬 句子

‣ おいしい すし。
「おいしい　寿司」
好吃的壽司。

‣ くさい あし。
「くさい　　足」
臭腳。

‣ おおきい すいか。
「大きい　　スイカ」
大西瓜。

🎵 繞口令

♪ かさ　さして、さあ　いこう。
「傘　　さして、　さあ　　行こう」
撐起傘，來！我們走吧！

🎧 聽假名

聽聽看，到底是「さ、し、す、せ、そ」的哪一個假名呢？把你聽到的打個「∨」。

例 ☐さ ☐し ☑す ☐せ ☐そ　　④ ☐さ ☐し ☐す ☐せ ☐そ

① ☐さ ☐し ☐す ☐せ ☐そ　　⑤ ☐さ ☐し ☐す ☐せ ☐そ

② ☐さ ☐し ☐す ☐せ ☐そ　　⑥ ☐さ ☐し ☐す ☐せ ☐そ

③ ☐さ ☐し ☐す ☐せ ☐そ　　⑦ ☐さ ☐し ☐す ☐せ ☐そ

🎧 聽寫假名

聽聽看，到底是「さ、し、す、せ、そ」的哪一個假名呢？把你聽到的寫上去。

例 せ　　④

① 　　⑤

② 　　⑥

③ 　　⑦

🎧 聽寫單字

聽聽看，把你聽到的單字寫上去。

例 しお　② 　　④ 　　⑥

① 　　③ 　　⑤ 　　⑦

 **單字重音** 把單字裡的重音，也就是把高讀的假名圈出來（重音說明在 P.14）。

さけ

① しお

② すいか

③ すし

④ せかい

⑤ せき

⑥ そこ

⑦ あさ

 **跟著我說** 老師一唸完，就換你緊跟著唸！

換你唸看看，唸完一次就打個 ∨ 吧！

《これは なんですか。》
└これは 何ですか┘

這是什麼？

1□ 2□ 3□

《これは かきです。》
└これは 柿です┘

這是柿子。

1□ 2□ 3□

理香帶林志明上超市，超市裡應有盡有。日本的超市排得井然有序，生鮮蔬果鮮翠欲滴。林志明聽說超市一過晚上七點，生鮮食品就會打折，於是迫不急待地要理香帶他上超市。

林　　これは　何ですか？
　　　　這是什麼？

理香　　これは　柿です。
　　　　這是柿子。

林　　あれは？
　　　　那個呢？

理香　　塩です。
　　　　那是鹽巴。

迷你對話

さ行

聽聽我說

看到這麼多食物，林志明迫不及待地問東問西的，理香告訴他這些食物日語怎麼說。聽聽 1～4 的內容，是指下面的哪個圖？請按照 CD 中 1～4 的順序，選出 A～D 的答案，並填寫在方格中。

A さけ【酒】⓪ 酒

すし【寿司】① 壽司

B かき【柿】⓪ 柿子

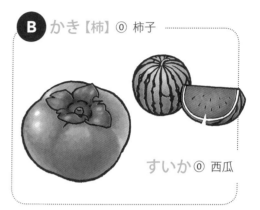

すいか⓪ 西瓜

C きく【菊】⓪ 菊花

おかし【お菓子】② 糕點

D しお【塩】② 鹽

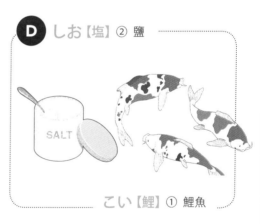

こい【鯉】① 鯉魚

答案 ANS ❶　　　❷　　　❸　　　❹

聽聽你說

上面的內容再練習一次。等 CD 播放了一個句子，就按下暫停，以自己的速度，跟在後面模仿老師唸一次。

た行

た行五個假名是子音 [t] 和母音 [ɑ][e][o]，子音 [tʃ] 和母音 [i]，子音 [ts] 和母音 [ɯ] 相拼而成的。

た	ち	つ	て	と
[tɑ]	[tʃi]	[tsɯ]	[te]	[to]

[t]

舌尖要頂在上齒根和齒齦之間，然後很快把它放開，讓氣流衝出。不要震動聲帶喔！

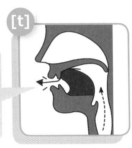

+

[ɑ]
[e]
[o]

[tʃ]

讓舌葉頂住上齒齦，把氣流檔起來，然後稍微放開，使氣流從細縫中摩擦而出。不要振動聲帶喔！

+ [i]

[ts]

讓舌尖頂住上齒和上齒齦交界處，把氣流檔起來，然後稍微放開，使氣流從細縫中摩擦而出。不要振動聲帶喔！

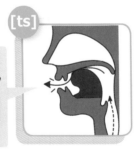

+ [ɯ]

19

嘴上體操

たてち　たとつ　ちてた　つとた
たてちつ　てとたと
たちつてと

📖 單字

- □ たかい【高い】② 高、貴
- □ たつ【立つ】① 站立
- □ とち【土地】⓪ 土地
- □ いち【一】② 一
- □ あつい【暑い】②（天氣）熱
- □ いつ ① 什麼時候
- □ あいて【相手】③ 對方
- □ とけい【時計】⓪ 鐘、錶

💬 句子

▸ たかい　とち。
　└ 高い　　土地 ┘
昂貴的土地。

▸ ちいさい　つき。
　└ 小さい　　　月 ┘
小的月亮。

▸ あたたかい　て。
　└ 温かい　　　手 ┘
溫暖的手。

🎵 繞口令

♪ きつつき　き　つつく、き　きずつく。
　└ 啄木鳥　　木　つつく、　木　傷つく ┘
啄木鳥啄樹，樹受傷。

聽寫假名

聽聽看，到底是「た、ち、つ、て、と」的哪一個假名呢？把你聽到的寫上去。

例 **た**

① ② ③

④ ⑤ ⑥ ⑦

聽寫單字

聽聽看，把你聽到的單字寫上去。

例 **いち** ② ④ ⑥

① ③ ⑤ ⑦

區別發音

第一遍邊聽邊跟著唸，第二遍選出你聽到的單字。然後在方格內打勾。

1 □ すき【好き】② 喜歡 □ つき【月】② 月亮	**5** □ ちかう【誓う】⓪ 發誓 □ つかう【使う】⓪ 使用
2 □ すいか ⓪ 西瓜 □ ついか【追加】⓪ 補加	**6** □ ちえ【知恵】② 智慧 □ つえ【杖】① 拐杖
3 □ うす【薄】⓪ 薄 □ うつ【打つ】① 打，敲	**7** □ いち【位置】① 位置 □ いつ ① 什麼時候
4 □ こす【越す】⓪ 越，渡 □ こつ ⓪ 竅門	**8** □ くち【口】⓪ 嘴巴 □ くつ【靴】② 鞋子

🎧 單字重音

把單字裡的重音，也就是把高讀的假名圈出來（重音說明在 P.14）。

例
たかい

❶
たつ

❷
とち

❸
いち

❹
あつい

❺
いつ

❻
あいて

❼
とけい

😊 跟著我說

老師一唸完，就換你緊跟著唸！

換你唸看看，唸完一次就打個 ∨ 吧！

《 あなたは　にほんじんですか。》
「あなたは　　日本人ですか」
你是日本人嗎？

 1□ 2□ 3□

《 いいえ、にほんじんじゃ　ありません。》
「いいえ、日本人じゃ　　　ありません」
不，我不是日本人。

 1□ 2□ 3□

　　田中太郎和林志明陪金文玲去找房子，於是來到房屋仲介公司，三人看上了一間很棒的房子。仲介公司的人打開電腦，電腦裡呈現出這間房子的 3D 立體圖來，三人在圖前看得興高采烈。林志明為日文還不太好的金文玲，回答了仲介公司的問答。

房屋仲介	あなたは　日本人ですか。
	你是日本人嗎？

あなたは　<ruby>日本人<rt>にほんじん</rt></ruby>ですか。
你是日本人嗎？

いいえ、<ruby>日本人<rt>にほんじん</rt></ruby>では　ありません。<ruby>台湾人<rt>たいわんじん</rt></ruby>です。　林
不，我不是日本人，我是台灣人。

房屋仲介　<ruby>学生<rt>がくせい</rt></ruby>ですか。
你是學生嗎？

はい、そうです。　林
是的。

聽聽我說 在太郎常去的小餐館，太郎介紹餐館裡認識的朋友給林志明。聽聽太郎的介紹內容，哪個人是從事什麼行業，請把職業跟人用線連起來！

1
さとうさん① 佐藤
・

2
おきさん⓪ 青木
・

3
あささきさん⓪ 佐木
・

4
おおいしさん① 大石
・

・ ・ ・ ・

せんせい③ 老師　けいさつかん③ 警察　えきいん② 電車站員　てんいん⓪ 店員

 **A**　 **B**　 **C**　 **D**

聽聽你說

　上面的內容再練習一次。等 CD 播放了一個句子，就按下暫停，以自己的速度，跟在後面模仿老師唸一次。

な行

な行五個假名是子音 [n] 和母音 [ɑ][ɯ][e][o]，子音 [n] 和母音 [i] 相拼而成的。

な	に	ぬ	ね	の
[nɑ]	[ni]	[nɯ]	[ne]	[no]

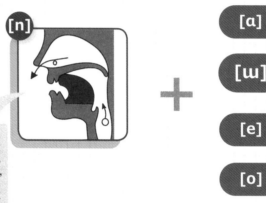

[n] + [a] [ɯ] [e] [o]

讓後舌面，跟就在它上面的軟顎接觸，把氣流擋起來，然後很快放開，讓氣流衝出來。不要振動聲帶喔！

[ɲ] + [i]

讓舌面的中部抵住硬顎，把氣流擋起來，讓氣流從鼻腔跑出來。要振動聲帶喔！

25

嘴上體操

なねに　なのね　にねな　ぬのな
なねにぬ　ねのなの
なにぬねの

な
行

📖 單字

☐ **なつ**【夏】② 夏天

☐ **なな**【七】① 七

☐ **あに**【兄】① 哥哥

☐ **にし**【西】⓪ 西邊

☐ **いぬ**【犬】② 狗

☐ **ねこ**【猫】① 貓

☐ **ぬの**【布】⓪ 布

☐ **いのち**【命】① 生命

💬 句子

▸ **あなたの　いえは　どこですか。**
└ あなたの　家は　　　どこですか┘
你家在哪裡？

▸ **いぬと　ねこが　すきです。**
└ 犬と　　猫が　　　好きです┘
我喜歡狗和貓。

▸ **ここに　なにも　ない。**
└ ここに　何も　　　ない┘
這裡什麼也沒有。

🎵 繞口令

♪ **のには　のの　くさ、なの　ない　くさ。**
└ 野には　野の　　草、　名の　　ない　　草┘
野地有野草，無名的小草。

🎧 **聽寫假名**　聽聽看，到底是「な、に、ぬ、ね、の」的哪一個假名呢？把你聽到的寫上去。

例　ぬ

❹

❶　　　　　　　　　　　❺

❷　　　　　　　　　　　❻

❸　　　　　　　　　　　❼

🎧 **聽寫單字**　聽聽看，把你聽到的單字寫上去。

例　なつ　　　❷　　　　　❹

❶　　　　　　❸　　　　　❺

🎧 **聽聽看**　聽聽看，按照 CD 中的順序，把 (a) ～ (f) 的答案填寫上去。

例　c　　❶　　❷　　❸　　❹　　❺

(a)
ねこ
【猫】① 貓

(c)
たに
【谷】② 山谷

(e)
にく
【肉】② 肉

(b)
さかな
【魚】⓪ 魚

(d)
いぬ
【犬】② 狗

(f)
あね
【姉】⓪ 姉姉

🎼 單字重音

把單字裡的重音，也就是把高讀的假名圈出來（重音説明在 P.14）。

例
な○つ

❶
なな

❷
あに

❸
にし

❹
いぬ

❺
ねこ

❻
ぬの

❼
いのち

😊 跟著我說

老師一唸完，就換你緊跟著唸！

換你唸看看，唸完一次就打個 ∨ 吧！

《 ここは　どこですか。》

這裡是哪裡？

1☐　2☐　3☐

《 ありがとう　ございました。》

謝謝你！

1☐　2☐　3☐

迷你對話

　　林志明一向喜歡挑戰新事物，今天他計劃把東京山手線的景點逛遍，還想拍下每個車站的站著吃拉麵。沒想到一時玩過頭，人在哪裡都不知道了！只好問人了。

すみません、ここは　どこですか。　林
請問這是哪裡？

老太太　ここは　駅ですよ。
這裡是電車站。

ありがとう　ございました。　林
謝謝你。

老太太　どう　いたしまして。
不客氣。

聽聽我說

腿長的林志明就是愛四處跑，透過理香跟太郎的介紹，認識了好多地方。聽聽 CD 的內容，到底在講什麼地方？請按照 CD 中 1～6 的順序，填入數字到 A～F 的方格中。

A ☐ えき【駅】① 車站

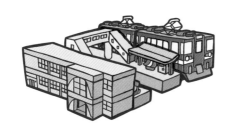

B ☐ こうえん【公園】⓪ 公園

C ☐ いなか【田舎】⓪ 鄉下

D ☐ とかい【都会】⓪ 城市

E ☐ たいしかん【大使館】③ 大使館

F ☐ さか【坂】② 斜坡

聽聽你說

　上面的內容再練習一次。等 CD 播放了一個句子，就按下暫停，以自己的速度，跟在後面模仿老師唸一次。

は行

は行五個假名是子音 [h] 和母音 [a][e][o]，子音 [ç] 和母音 [i]，子音 [Φ] 和母音 [ɯ] 相拼而成的。

は	ひ	ふ	へ	ほ
[ha]	[çi]	[Φɯ]	[he]	[ho]

[h]

嘴巴輕鬆張開，保持後面的母音的嘴形（如[ha]就是 [a] 的嘴形），然後讓氣流從聲門摩擦而出，不要振動聲帶喔！

+ [a] [e] [o]

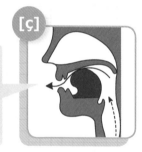

[ç]

舌尖微向下，中舌面鼓起接近硬顎，形成一條狹窄的縫隙，使氣流從中間的縫隙摩擦而出，不要振動聲帶喔！

+ [i]

[Φ]

想像一下吹蠟燭吧！也就是雙唇靠近形成細縫，使氣流從雙唇間摩擦而出。不要振動聲帶！要注意嘴唇不可以太圓喔！

+ [ɯ]

31

嘴上體操

はへひ　はほふ　ひへは　ふほは
はへひふ　へほはほ
はひふへほ

📖 單字

- ☐ はは【母】① 母親

- ☐ はし【箸】① 筷子

- ☐ ひふ【皮膚】① 皮膚

- ☐ ひとつ【一つ】② 一、一個

- ☐ ふたつ【二つ】③⓪ 二、二個

- ☐ へた【下手】② 笨拙

- ☐ ほし【星】⓪ 星星

- ☐ ほね【骨】② 骨頭

💬 句子

▶ はじめまして。まつもとひとしです。
└ はじめまして。松本仁です 」
初次見面，我叫松本仁。

▶ ここは　にほんです。
└ ここは　日本です 」
這裡是日本。

▶ ふうふう　ふいた。
└ ふうふう　吹いた 」
呼呼地吹。

🎵 繞口令

♪ ははは「ふふふふ」ははの　ははは「ほほほほ」。
└ 母は　「ふふふふ」　母の　　母は　　「ほほほほ」」
母親是「呼呼呼」地笑，母親的母親是「后后后」地笑。

🎧 **聽寫假名**　聽聽看，到底是「は、ひ、ふ、へ、ほ」的哪一個假名呢？把你聽到的寫上去。

例　ほ

① 　　　　　　　　　④

② 　　　　　　　　　⑤

③ 　　　　　　　　　⑥

　　　　　　　　　　⑦

🎧 **聽寫單字**　聽聽看，把你聽到的單字寫上去。

例　へた　② 　　　　④ 　　　　⑥

① 　　　　③ 　　　　⑤ 　　　　⑦

🎧 **寫正確**　下面的字拼錯了，請聽 CD 把正確的單字寫上去。

例　しと　➡　ひと

① いとつ　➡　　　　　　　　⑤ さいぬ　➡

② あたち　➡　　　　　　　　⑥ おてる　➡

③ たのひい　➡　　　　　　　⑦ えや　➡

④ あし　➡　　　　　　　　　⑧ ほいしい　➡

🎧 單字重音

把單字裡的重音，也就是把高讀的假名圈出來（重音説明在 P.14）。

例
はは

❶
はし

❷
ひふ

❸
ひとつ

❹
ふたつ

❺
へた

❻
ほし

❼
ほね

🗣 跟著我說

老師一唸完，就換你緊跟著唸！

換你唸看看，唸完一次就打個 ∨ 吧！

《 これは　だれの　ほんですか。》
└ これは　誰の　　本ですか 」
這是誰的書。

《 はい、そうです。》
是的。

林志明迷上了日本推理小說，於是在圖書館借了一些。本來想在上課偷看的，可是卻陰錯陽差地放到講台上。教授一看到就問⋯。

老師　これは　誰の　本ですか。
這是誰的書。

學生　これは　林さんの　本です。
這是小林的書。

老師　あれも　林さんの　本ですか。
那也是小林的書嗎？

學生　はい、そうです。
是的。

迷你對話

は行

🎧 聽聽我說

下面的東西各是誰的？聽聽 CD 的內容，把下面的 A～D 的答案，填寫在人物下方的方格中。

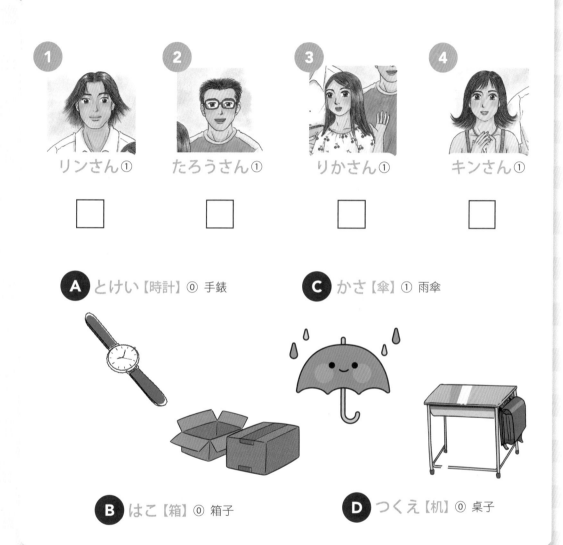

1 リンさん①

2 たろうさん①

3 りかさん①

4 キンさん①

A とけい【時計】⓪ 手錶

C かさ【傘】① 雨傘

B はこ【箱】⓪ 箱子

D つくえ【机】⓪ 桌子

🎧 聽聽你說

上面的內容再練習一次。等 CD 播放了一個句子，就按下暫停，以自己的速度，跟在後面模仿老師唸一次。

ま行

ま行五個假名是子音 [m] 和母音 [a][i][ɯ][e][o] 相拼而成的。

ま	み	む	め	も
[ma]	[mi]	[mɯ]	[me]	[mo]

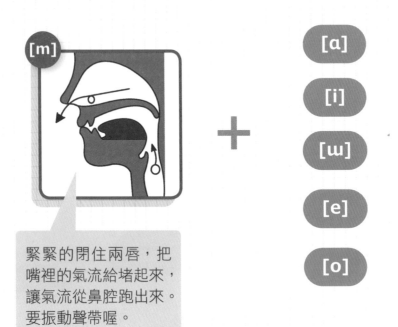

[m]

緊緊的閉住兩唇，把嘴裡的氣流給堵起來，讓氣流從鼻腔跑出來。要振動聲帶喔。

+

[a]

[i]

[ɯ]

[e]

[o]

🎧37

嘴上體操

まめみ　まもむ　みめま　むもま

まめみむ　めもまも

まみむめも

📖 單字

- [ ] いま【今】① 現在
- [ ] あまい【甘い】⓪ 甜的
- [ ] みせ【店】② 商店
- [ ] みなみ【南】⓪ 南邊
- [ ] さむい【寒い】②（天氣）冷
- [ ] むすめ【娘】③ 女兒
- [ ] にもつ【荷物】① 行李
- [ ] もも【桃】⓪ 桃子

💬 句子

▶ にもつは　おもいですね。
└ 荷物は　　重いですね ┘
行李很重。

▶ むすめは　にさいです。
└ 娘は　　　二歳です ┘
我女兒兩歲。

▶ めを　みて　はなす。
└ 目を　見て　話す ┘
説話時看著對方的眼睛。

🎵 繞口令

♪ なまむぎ　なまごめ　なまたまご。
└ 生麦　　生米　　　生卵 ┘
生麥、生米、生蛋。

✏️ 聽寫假名

聽聽看，到底是「ま、み、む、め、も」的哪一個假名呢？把你聽到的寫上去。

例　**む**

❶　　　　　❹

❷　　　　　❺

❸　　　　　❻

　　　　　❼

✏️ 聽寫單字

聽聽看，把你聽到的單字寫上去。

例　**さむい**　❷　　　　❹　　　　❻

❶　　　　❸　　　　❺　　　　❼

✏️ 聽聽看

聽聽看，按照 CD 中的順序，把 (a) ～ (f) 的答案填寫上去。

例　**b**　❶　　　❷　　　❸　　　❹　　　❺

(a)
うみ
【海】① 海

(b)
みみ
【耳】② 耳朵

(c)
もも
【桃】⓪ 桃子

(d)
うま
【馬】② 馬

(e)
あめ
【雨】① 雨

(f)
むし
【虫】⓪ 昆蟲

🎧 單字重音

把單字裡的重音，也就是把高讀的假名圈出來（重音說明在 P.14）。

例
いま

❶
あまい

❷
みせ

❸
みなみ

❹
さむい

❺
むすめ

❻
にもつ

❼
もも

😀 跟著我說

老師一唸完，就換你緊跟著唸！

換你唸看看，唸完一次就打個 ∨ 吧！

《 これは　どなたのですか。》

這是誰的？

《 この　おおきな　さいふです。》
└ この　大きな　　　財布です ┘

這個大的錢包。

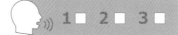

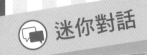
早上接到日本彰化銀行通知，爸爸已經把這個月的生活費匯到林志明的戶頭了。林志明高興地趕緊去把錢提出來，沒想到塞滿鈔票的錢包，卻在下公車的時候掉了下來。幸好…。

司機　誰の　財布ですか。この　大きな　財布です。
誰的錢包？這個大的錢包？

えっ、財布ですか。　林
咦！錢包？

司機　どなたのですか。
是誰的？

あっ、すみません。私のです。　林
啊！抱歉，是我的。

🖊 聽聽我說

下面這些東西各是誰的呢？請聽 CD 內容，把東西連到所屬的人身上。

A さいふ【財布】⓪ 錢包

1 リンさん【林さん】① 小林

B いえ【家】② 家

2 たろうさん【太郎さん】① 太郎

C いぬ【犬】② 狗

3 りかさん【理香さん】① 理香

D ねこ【猫】① 貓

4 キンさん【金さん】① 小金

😊 聽聽你說

上面的內容再練習一次。等 CD 播放了一個句子，就按下暫停，以自己的速度，跟在後面模仿老師唸一次。

や行三個假名是由半母音 [j] 和母音 [ɑ][ɯ][o] 相拼而成的。

や	い	ゆ	え	よ
[ja]	[i]	[jɯ]	[e]	[jo]

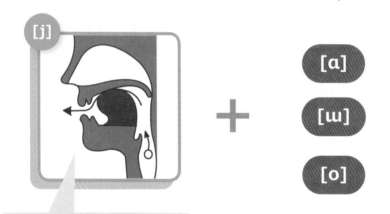

[j]

+

[ɑ]

[ɯ]

[o]

發音的部位跟 **[i]** 很像，也就是讓在舌面中間的中舌面，跟在它正上方的硬口蓋接近，而發出的聲音。要振動聲帶喔！

43

嘴上體操

やえい　やゆよ　いえや　ゆよや
やえいゆ　えよやよ
やいゆえよ

📖 單字

- やさしい【優しい】⓪ 溫柔、善良

- いや【嫌】② 討厭

- やおや【八百屋】⓪ 蔬果店

- ゆめ【夢】② 夢；理想

- ゆき【雪】② 雪

- よむ【読む】① 閱讀

- つよい【強い】② 強、堅強

- よこ【横】⓪ 橫；旁邊

💬 句子

▸ あなたの　ゆめは　なんですか。
　└あなたの　夢は　　　何ですか」
你的夢想是什麼？

▸ ゆきが　よく　ふる。
　└雪が　　よく　　降る」
經常下雪。

▸ やよいさんは　やさしい。
　└弥生さんは　　　　やさしい」
彌生小姐很溫柔。

🎵 繞口令

♪ おあやや、ははおやに　おあやまり　なさい。
　└お綾や、　母親に　　　　　お謝り　　　　　なさい」
小綾啊！跟你母親說對不起。

🎧 聽寫假名

聽聽看，到底是「や、い、ゆ、え、よ」的哪一個假名呢？把你聽到的寫上去。

例 **ゆ**

④

①

⑤

②

⑥

③

⑦

🎧 聽寫單字

聽聽看，把你聽到的單字寫上去。

例 **よむ**   ②   ④

①   ③   ⑤

🎧 聽聽看

聽聽看，按照 CD 中的順序，把 (a)～(f) 的答案填寫上去。

例 **c**   ①   ②   ③   ④   ⑤

(a)
やおや
【八百屋】⓪ 蔬果店

(c)
やさい
【野菜】⓪ 蔬菜

(e)
ふゆ
【冬】② 冬天

(b)
ゆき
【雪】② 雪

(d)
やま
【山】② 山

(f)
ようふく
【洋服】⓪ 西服，洋裝

🎧 單字重音

把單字裡的重音，也就是把高讀的假名圈出來（重音說明在 P.14）。

例 やさしい

① いや

② やおや

③ ゆめ

④ ゆき

⑤ よむ

⑥ つよい

⑦ よこ

🎧 跟著我說

老師一唸完，就換你緊跟著唸！

換你唸看看，唸完一次就打個 ∨ 吧！

《タオルは　どこに　ありますか。》
毛巾在哪裡？

🔊 1☐　2☐　3☐

《わっ、へやに　ねこも　いますね。》
「わっ、部屋に　猫も　いますね」
哇！房裡還有貓啊！

🔊 1☐　2☐　3☐

迷你對話

理香跟金文玲一起去找林志明玩，沒想到林志明最不會收拾房間了，房間七零八亂，還有一隻貓。

理香　**靴下は　どこに　ありますか。**
くつした
襪子在哪裡？

椅子の　下に　ありますよ。　林
いす　　した
在椅子的下面。

理香　**えっ、どこですか。**
什麼，在哪裡？

椅子の　下です。　林
いす　　した
在椅子的下面。

理香　**あ、ありました。わっ、部屋に　猫も　いますね。**
へや　　　ねこ
啊，找到了。哇！房裡還有貓啊！

や
行

🎧 聽聽我說

聽聽 CD 的內容，1～4 説的是哪個選項？請按照 CD 中 1～4 的順序，選出 A～D 的答案，並填寫在方格中。

B とけい【時計】⓪ 鐘、錶

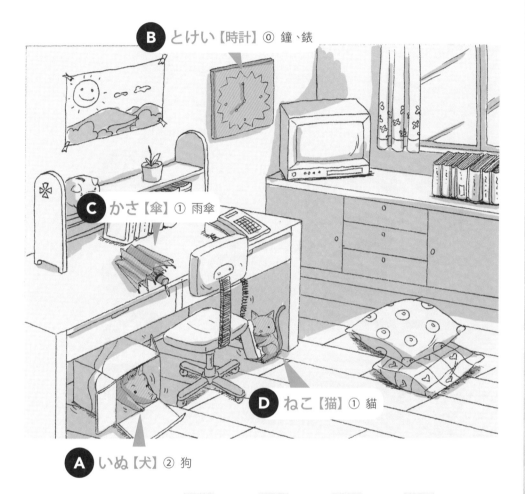

C かさ【傘】① 雨傘

D ねこ【猫】① 貓

A いぬ【犬】② 狗

答案 ANS　❶　　❷　　❸　　❹

🎧 聽聽你說

　　上面的內容再練習一次。等 CD 播放了一個句子，就按下暫停，以自己的速度，跟在後面模仿老師唸一次。

ら行

ら行五個假名是子音 [r] 和母音 [ɑ][i][ɯ][e][o] 相拼而成的。

ら	り	る	れ	ろ
[rɑ]	[ri]	[rɯ]	[re]	[ro]

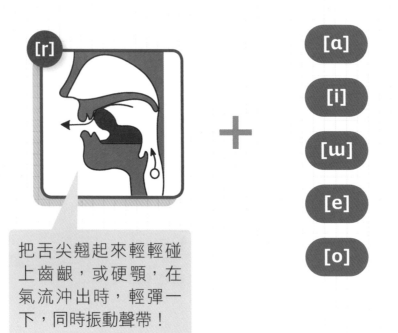

[r]

把舌尖翹起來輕輕碰上齒齦，或硬顎，在氣流沖出時，輕彈一下，同時振動聲帶！

+

[ɑ]
[i]
[ɯ]
[e]
[o]

49

嘴上體操

られり　らろる　りれら　るろら
られりる　れろらろ
らりるれろ

📖 單字

- さくら【桜】⓪ 櫻花
- そら【空】① 天空
- とり【鳥】⓪ 鳥
- はる【春】① 春天
- まるい【丸い】⓪ 圓的
- これ⓪ 這、這個
- はれ【晴れ】② 晴
- おふろ【お風呂】② 洗澡

💬 句子

▸ **しろい ゆき。**
└ 白い 雪 」
白雪。

▸ **おいくらですか。**
多少錢？

▸ **でんわで れんらくします。**
└ 電話で 連絡します 」
打電話聯絡。

🎵 繞口令

♪ **うりうりが うりうりに きて、うりうり かえる うりうりの こえ。**
└ 瓜売りが 瓜売りに 来て、売り売り 帰る 瓜売りの 声 」
賣瓜的來賣瓜，邊賣邊回家，賣瓜的聲音。

🎧 **聽寫假名**　聽聽看，到底是「ら、り、る、れ、ろ」的哪一個假名呢？把你聽到的寫上去。

例　**れ**　　　　　❹

❶　　　　　　　　❺

❷　　　　　　　　❻

❸　　　　　　　　❼

🎧 **聽寫單字**　聽聽看，把你聽到的單字寫上去。

例　**まるい**　❷　　　　　❹　　　　　❻

❶　　　　　❸　　　　　❺　　　　　❼

🎧 **區別發音**　第一遍邊聽邊跟著唸，第二遍選出你聽到的單字。然後在方格內打勾。

1	□ はな【花】② 花		**5**	□ たに【谷】② 山谷	
	□ はら【腹】② 肚子			□ なに【何】① 什麼	
2	□ なく【泣く】⓪ 哭泣		**6**	□ とる【取る】① 拿，取	
	□ らく【楽】② 快樂；輕鬆			□ のる【乗る】⓪ 乘坐	
3	□ にく【肉】② 肉		**7**	□ てる【照る】① 照，照耀	
	□ りく【陸】⓪ 陸地			□ ねる【寝る】⓪ 睡覺	
4	□ なら【奈良】① 奈良		**8**	□ たれ【誰】①（古）誰，現用「だれ」	
	□ なな【七】① 七			□ なれ【慣れ】② 熟練；習慣	

🎧 單字重音

把單字裡的重音，也就是把高讀的假名圈出來（重音説明在 P.14）。

例 さ く ら

① そら

② とり

③ はる

④ まるい

⑤ これ

⑥ はれ

⑦ おふろ

😊 跟著我說

老師一唸完，就換你緊跟著唸！

換你唸看看，唸完一次就打個 ∨ 吧！

《 あなたは　さかなが　すきですか。》
└ あなたは　魚が　　　好きですか 」

你喜歡吃魚嗎？

 1 ☐ 2 ☐ 3 ☐

《 さしみは　どうですか。》
└ 刺身は　　　どうですか 」

生魚片呢？

1 ☐ 2 ☐ 3 ☐

　　大家都很喜歡佐藤教授，所以教授邀請大家開了個派對。在派對上，三、四個人幾個小組，聊得很開心，其中林志明、金文玲、田中太郎、中山理香四個死黨更是有說有笑的。長得美麗又大方的金文玲，更是許多男士注目的焦點。

太郎　**金さんは　魚が　好きですか？**
　　　金小姐，喜歡吃魚嗎？

　　　　　　　はい、好きです。　金
　　　　　　　喜歡。

太郎　**じゃ、さしみは　どうですか？**
　　　那，生魚片呢？

　　　　　　　さしみは　好きでは　ありません。　金
　　　　　　　我不喜歡吃生魚片。

🎙 聽聽我說

嬌嬌女金大小姐愛好分明，她喜歡些什麼呢？聽聽 CD 內容，從 A 或 B 中選出答案，並填寫在方格中。

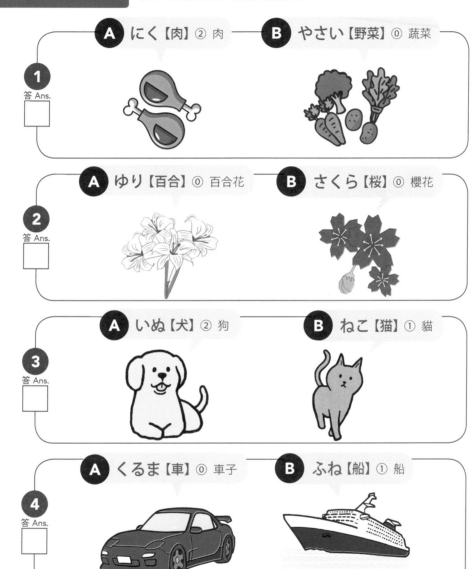

A にく【肉】② 肉 ── **B** やさい【野菜】⓪ 蔬菜

1 答 Ans. ☐

A ゆり【百合】⓪ 百合花 ── **B** さくら【桜】⓪ 櫻花

2 答 Ans. ☐

A いぬ【犬】② 狗 ── **B** ねこ【猫】① 貓

3 答 Ans. ☐

A くるま【車】⓪ 車子 ── **B** ふね【船】① 船

4 答 Ans. ☐

😊 聽聽你說

上面的內容再練習一次。等 CD 播放了一個句子，就按下暫停，以自己的速度，跟在後面模仿老師唸一次。

わ行

わ行假名是半母音 [w] 和母音 [ɑ] 相拼而成的。「を」的發音跟「お」一樣是發 [o]。

わ	い	う	え	を
[wɑ]	[i]	[ɯ]	[e]	[o]

[w] + [ɑ]

> 發音的部位跟 [ɯ] 很類似。上下兩唇稍微合攏，產生微弱的摩擦。舌面要讓它鼓起來，像個半圓形。要振動聲帶喔！

🎧 55

嘴上體操

わえい　わをう　いえわ　うをわ
わえいう　えをわを
わいうえを

📖 單字

- □ にわ【庭】⓪ 庭院

- □ わたし【私】⓪ 我

- □ よわい【弱い】② 弱、軟弱

- □ あわ【泡】② 泡沫

- □ いわ【岩】② 岩石

- □ かわ【川】② 河川

- □ かわいい【可愛い】③ 可愛

- □ わに【鰐】① 鱷魚

💬 句子

▸ かおを　あらう。
└ 顔を　　　洗う 」
洗臉。

▸ あいかわらずですね。
└ 相変わらずですね 」
還是和往常一樣。

▸ わたしを　わらわないで　ください。
└ 私を　　　笑わないで　　ください 」
不要笑我。

🎵 繞口令

♪ うらにわには　　にわ、にわには　　にわ　にわとりが　　いる。
└ 裏庭には　　　　　二羽、庭には　　　二羽　鶏が　　　　　いる 」
內院裡有兩隻，院子裡有兩隻雞。

聽寫假名

聽聽看，到底是「わ、い、う、え、を」的哪一個假名呢？把你聽到的寫上去。

例　**わ**

❶

❷

❸

❹

❺

❻

❼

聽寫單字

聽聽看，把你聽到的單字寫上去。

例　**あわ**

❶

❷

❸

❹

❺

❻

❼

寫正確

下面的字拼錯了，請聽 CD 把正確的單字寫上去。

例　**たらか** ➡ **たなか**（田中）

❶ にひかわ ➡ （西川）

❷ なかはし ➡ （高橋）

❸ うえろ ➡ （上野）

❹ あおさ ➡ （青木）

❺ ほやし ➡ （林）

❻ なかむな ➡ （中村）

❼ いひかわ ➡ （石川）

❽ やもまと ➡ （山本）

🎧 單字重音

把單字裡的重音，也就是把高讀的假名圈出來（重音說明在 P.14）。

例 にわ

❶ わたし

❷ よわい

❸ あわ

❹ いわ

❺ かわ

❻ かわいい

❼ わに

👄 跟著我說

老師一唸完，就換你緊跟著唸！

換你唸看看，唸完一次就打個 ∨ 吧！

《 いま　なんじですか。 》
└今　　何時ですか」

現在幾點？

《 ごぜん　くじです。 》
└午前　　九時です」

上午九點。

 迷你對話

　　下大風雪，街道全覆蓋著皚皚的白雪。來自南國台灣，從沒有看過這個景象的林志明興奮極了，叫理香用攝影機幫他拍下，他準備把大風雪的東京街頭，介紹給自己的親友看看。

理香　**東京は 今 何時ですか。**
東京現在幾點？

ええと、東京は 今 午前 九時です。　林
嗯，東京現在上午9點。

理香　**天気は どうですか。**
天氣如何？

天気ですか。雪です。雪が 降って います。　林
天氣啊！正下著雪！

🎙️ **聽聽我說**　聽聽各城市現在的時間和天氣。哪個時間跟天氣，屬於哪個城市呢？把它們用線連起來。

1 かんこく【韓国】① 韓國

A よる　9 じ／あめが　ふります
（晚上九點／下雨）

2 いたりあ【イタリア】
⓪ 義大利

B ごぜん　10 じ／くもります
（上午 10 點／陰天）

3 あめりか【アメリカ】
⓪ 美國

C あさ　7 じ／はれます
（早上七點／晴天）

4 おおさか【大阪】
⓪ 大阪

D ごご　3 じ／ゆきが　ふります
（下午 3 點／下雪）

🎧 **聽聽你說**

　　上面的內容再練習一次。等 CD 播放了一個句子，就按下暫停，以自己的速度，跟在後面模仿老師唸一次。

が行

濁音が行五個假名是子音 [g] 和母音 [a][i][ɯ][e][o] 相拼而成的。跟清音相對，在書寫的時候，要在假名的右上角標上濁音符號「 ゛」。

が	ぎ	ぐ	げ	ご
[ga]	[gi]	[gɯ]	[ge]	[go]

[g]

發音的方式、部位跟 [k] 一樣，不一樣的是要振動聲帶。

+

[a]

[i]

[ɯ]

[e]

[o]

[ŋ]

が行假名如果是在詞中或詞尾時，子音 [g] 要發或鼻音 [ŋ]。發音要領是用後舌頂住軟顎，讓氣流從鼻腔流出。

61

嘴上體操

がげぎ　がごぐ　ぎげが　ぐごが
がげぎぐ　げごがご
がぎぐげご

が
行

📖 單字

- □ えいが【映画】① 電影
- □ てがみ【手紙】⓪ 信
- □ かぎ【鍵】② 鑰匙
- □ かいぎ【会議】① 會議
- □ いりぐち【入り口】⓪ 入口
- □ げつようび【月曜日】③ 星期一
- □ ごご【午後】① 下午
- □ えいご【英語】⓪ 英語

💬 句子

▸ ガムを　かむ。
吃口香糖。

▸ ごつごう　いかがでしょうか。
└ ご都合　　　いかがでしょうか 」
您時間上方便嗎？

▸ がっこうで　がいこくごの
べんきょうを　する。
└ 学校で　外国語の　勉強を　する 」
在學校學外語。

🎵 繞口令

♪ タンゴを　おどりながら　たんごを　おぼえた。
└ タンゴを　　踊りながら　　　単語を　　　覚えた 」
邊跳探戈舞，邊記單字。

🎧 聽寫單字

聽聽看，把你聽到的單字寫上去。

例　**いりぐち**　②　　　　④　　　　⑥

①　　　　③　　　　⑤　　　　⑦

🎧 區別發音

第一遍邊聽邊跟著唸，第二遍選出你聽到的單字。然後在方格內打勾。

① □ きけん【危険】⓪ 危険
　 □ きげん【期限】① 期限

② □ ごい【語彙】① 詞彙
　 □ こい【恋】① 愛情

③ □ ぎん【銀】① 銀
　 □ きん【金】① 金

④ □ かぎ【鍵】② 鑰匙
　 □ かき【柿】⓪ 柿子

⑤ □ かく【書く】① 書寫
　 □ かぐ【家具】① 家具

⑥ □ ごご【午後】① 下午
　 □ ここ ⓪ 這裡

⑦ □ かい【貝】① 貝；貝殼
　 □ がい【害】① 害

⑧ □ がむ【ガム】① 口香糖
　 □ かむ【噛む】① 咬；嚼

🎧 寫正確

下面的字拼錯了，請聽 CD 把正確的單字寫上去。

例　**かかく** ➡ **かがく** （科学）

① ぎき ➡ 　　　　（木々）　④ ぎんか ➡ 　　　　（金貨）

② ぎかい ➡ 　　　　（機会）　⑤ からから ➡

③ がかい ➡ 　　　　（加害）　⑥ ありますか ➡

🎧 單字重音

把單字裡的重音,也就是把高讀的假名圈出來(重音說明在 P.14)。

例
えいが

❶ てがみ

❷ かぎ

❸ かいぎ

❹ いりぐち

❺ げつようび

❻ ごご

❼ えいご

😊 跟著我說

老師一唸完,就換你緊跟著唸!

換你唸看看,唸完一次就打個 ∨ 吧!

《たなかさんは　はなして　いますか。》
└ 田中さんは　　話して　　いますか ┘
田中在講話嗎?

《でんわを　　かけて　いますか。》
└ 電話を　　　かけて　いますか ┘
在打電話嗎?

林志明未來想當空間設計師，所以利用課餘時間在一家室內設計公司，當設計助理，這是林志明公司平常忙碌的樣子。

職員1　林さんは　話して　いますか。
林先生在講話嗎？

職員2　いいえ。
沒有。

職員1　電話を　かけて　いますか。
在打電話嗎？

職員2　はい。
是的。

職員1　めがねを　かけて　いますか。
有戴眼鏡嗎？

職員2　はい。
有。

迷你對話

が
行

這是某個假日，理香家人的活動狀況，他們都在做些什麼呢？聽聽 CD 的敘述，把相應的活動填入 1 ～ 4 的方格中。

A おんがくを　ききます　聽音樂

C てがみを　かきます　寫信

B おふろに　はいります　洗澡

D くるまを　あらいます　洗車

1 ちち ② 爸爸　　2 はは ① 媽媽　　3 あに ① 哥哥　　4 りか ① 理香

聽聽你說

　　上面的內容再練習一次。等 CD 播放了一個句子，就按下暫停，以自己的速度，跟在後面模仿老師唸一次。

ざ行

濁音ざ行五個假名是子音 [ʣ] 和母音 [a][ɯ][e][o]，子音 [ʤ] 和母音 [i] 相拼而成的。跟清音相對，在書寫的時候，要在假名的右上角標上濁音符號「゛」。

ざ	じ	ず	ぜ	ぞ
[ʣa]	[ʤi]	[ʣɯ]	[ʣe]	[ʣo]

[ʣ]

發音的方式、部位跟 [ts] 一樣，不一樣的是要振動聲帶。

+

[a]
[ɯ]
[e]
[o]

[ʤ]

舌葉抵住上齒齦，把氣流檔起來，然後稍微放開，讓氣流從縫隙中摩擦而出。要振動聲帶喔！

+

[i]

67

嘴上體操

ざぜじ　ざぞず　じぜざ　ずぞざ
ざぜじず　ぜぞざぞ
ざじずぜぞ

❶❷ ざ行

📖 單字

□ はいざら【灰皿】⓪ 煙灰缸

□ みじかい【短い】③ 短

□ そうじ【掃除】⓪ 打掃

□ かず【数】① 數、數量

□ しずか【静か】① 安靜

□ かぜ【風】⓪ 風

□ れいぞうこ【冷蔵庫】③ 冰箱

□ かぞく【家族】① 家人

💬 句子

▶ すずしい　かぜですね。
┗ 涼しい　　風ですね ┛
好涼快的風。

▶ ぜんぜん　じかんが　ない。
┗ 全然　　　時間が　　ない ┛
完全沒時間。

▶ ぞうが　いなくて、ざんねんだ。
┗ 象が　　いなくて、　残念だ ┛
沒有大象，真是可惜。

🎵 繞口令

♪ あたまは　ずきずき、からだは　ぞくぞく、かぜ　ひいた。
┗ 頭は　　　ずきずき、　体は　　　　ぞくぞく、　風邪　　ひいた ┛
頭陣陣抽痛，身體打冷顫，感冒了。

🎧 聽寫單字

聽聽看，把你聽到的單字寫上去。

例　みじかい　　　❷　　　　　❹

❶　　　　　❸　　　　　❺

🎧 聽聽看

聽聽看，按照 CD 中的順序，把 (a) ～ (f) 的答案填寫上去。

例　d　❶　　❷　　❸　　❹　　❺

(a)
はいざら
【灰皿】⓪ 煙灰缸

(c)
ちず
【地図】① 地圖

(e)
みず
【水】⓪ 水

(b)
れいぞうこ
【冷蔵庫】③ 冰箱

(d)
かぜ
【風】⓪ 風

(f)
じ
【字】① 字

🎧 區別發音

第一遍邊聽邊跟著唸，第二遍選出你聽到的單字。然後在方格內打勾。

❶ ☐ かし【菓子】① 糕點
　 ☐ かじ【火事】① 火災

❺ ☐ あじ【味】⓪ 味道
　 ☐ あし【足】② 腳

❷ ☐ ふそく【不足】⓪ 缺少
　 ☐ ふぞく【付属】⓪ 附屬

❻ ☐ しぜん【自然】⓪ 自然
　 ☐ しせん【視線】⓪ 視線

❸ ☐ すえ【末】⓪ 末；末端
　 ☐ ずえ【図絵】① 繪畫

❼ ☐ あざ【痣】② 痣；青腫
　 ☐ あさ【麻】② 麻；麻布

❹ ☐ すすめ【勧め】⓪ 勸告；建議
　 ☐ すずめ【雀】⓪ 麻雀

❽ ☐ いず【伊豆】⓪ 伊豆
　 ☐ いす【椅子】⓪ 椅子

🎧 單字重音

把單字裡的重音，也就是把高讀的假名圈出來（重音說明在 P.14）。

例
は い ざ ら

❶
み じ か い

❷
そ う じ

❸
か ず

❹
し ず か

❺
か ぜ

❻
れ い ぞ う こ

❼
か ぞ く

🎧 跟著我說

老師一唸完，就換你緊跟著唸！

換你唸看看，唸完一次就打個 ∨ 吧！

《 かのじょは　25 さいぐらいです。》
└ 彼女は　　　25歳ぐらいです 」

她大概 25 歲左右。

《 せは　たかいです。》
└ 背は　高いです 」

個子很高。

在一個廣場前的公車站牌，有 8 個人排隊等公車，金文玲排在第三。這時在路的對面林志明自滿地告訴日本的友人，從 8 個人當中指出美麗、大方的金文玲來。

彼女（かのじょ）は　25 歳（さい）ぐらいです。髪（かみ）の　毛（け）は　あまり　長（なが）くないです。背（せ）は　高（たか）いです。　　林
她大概 25 歲左右，頭髮不怎麼長，個子很高。

友人　　**ああ、3 番目（ばんめ）の人（ひと）ですね。**
啊！是排第三的那個！

🎧 **聽聽我說**

金文玲家隔壁遭小偷，小偷逃逸的時候，剛好撞上她。平常看她大小姐一個，沒想到卻頗具正義感，她一看到前來調查案件的警察，就主動上前去把犯人的長相描述一番。犯人到底是誰呢？一起來幫他們從A～D中揪出來吧！別忘了填在方格中喔！

A
・35 さい
・おとこ
・173 センチメートル
・かみのけ：ながい、くろ

B
・25 さい
・おとこ
・185 センチメートル
・かみのけ：みじかい、しろ

C
・35 さい
・おんな
・168 センチメートル
・かみのけ：ながい、あお

D
・25 さい
・おんな
・160 センチメートル
・かみのけ：みじかい、くろ

答案 ANS

 聽聽你說

　　上面的內容再練習一次。等 CD 播放了一個句子，就按下暫停，以自己的速度，跟在後面模仿老師唸一次。

だ行

濁音だ行五個假名是子音 [d] 和母音 [ɑ][e][o]，子音 [dʒ] 和母音 [i]，子音 [ʣ] 和母音 [ɯ] 相拼而成的。跟清音相對，在書寫的時候，要在假名的右上角標上濁音符號「゛」。假名ぢ、づ的發音跟ざ行的じ、ず完全一樣。

だ [dɑ]	ぢ [dʒi]	づ [ʣɯ]	で [de]	ど [do]

發音的方式、部位跟 [t] 一樣，不一樣的是要振動聲帶。

[ɑ] [e] [o]

舌葉抵住上齒齦，把氣流擋起來，然後稍微放開，讓氣流從縫隙中摩擦而出。要振動聲帶喔！

[i]

發音的方式、部位跟 [ts] 一樣，不一樣的是要振動聲帶。

[ɯ]

73

嘴上體操

だでぢ　だどづ　ぢでだ　づどだ
だでぢづ　でどだど
だぢづでど

📘 單字

- □ からだ【体】⓪ 身體
- □ くだもの【果物】② 水果
- □ だいどころ【台所】⓪ 廚房
- □ つづく【続く】⓪ 連續、持續
- □ うで【腕】② 胳膊
- □ でる【出る】① 出去
- □ どちら① 哪邊
- □ どこ① 哪裡

💬 句子

▸ いただきます。
我要吃了。

▸ でぐちは　どこですか。
└ 出口は　　どこですか ┘
出口在哪裡？

▸ どきどきしました。
心撲通撲通地跳。

🎵 繞口令

♪ だれでも、どこでも、できますよ。
不管是誰，不管在哪裡，都能做。

🎧 聽寫單字

聽聽看，把你聽到的單字寫上去。

例	うで	②		④		⑥	
①		③		⑤		⑦	

🎧 區別發音 ❶

下面的假名拼對了嗎？請聽 CD 來區別，正確請打「○」，錯誤請打「×」。

例	だいがく	➡ ○	④	はなぢ	➡
❶	だいせつ	➡	⑤	ひどい	➡
❷	られ	➡	⑥	ろく	➡
❸	どちら	➡	⑦	れきる	➡

🎧 區別發音 ❷

第一遍邊聽邊跟著唸，第二遍選出你聽到的單字。然後在方格內打勾。

❶	□ はな【花】② 花 □ はら【腹】② 肚子 □ はだ【肌】① 肌膚	❹	□ なら【奈良】① 奈良 □ なな【七】① 七 □ なだ【灘】① 波濤洶湧的海
❷	□ なく【泣く】⓪ 哭泣 □ だく【抱く】⓪ 抱；懷抱 □ らく【楽】② 輕鬆	❺	□ とる【取る】① 取、拿 □ ドル ① 美元；錢 □ のる【乗る】⓪ 乘坐
❸	□ じく【軸】② 軸、卷軸 □ にく【肉】② 肉 □ りく【陸】② 大陸	❻	□ でる【出る】① 出去 □ てる【照る】① 照耀 □ ねる【寝る】⓪ 睡覺

📘 單字重音

把單字裡的重音，也就是把高讀的假名圈出來（重音說明在 P.14）。

例

からだ

❶ くだもの

❷ だいどころ

❸ つづく

❹ うで

❺ でる

❻ どちら

❼ どこ

😊 跟著我說

老師一唸完，就換你緊跟著唸！

換你唸看看，唸完一次就打個 ∨ 吧！

《 にちようびは　なにを　しましたか。》
└ 日曜日は　　　何を　　　しましたか ┘
你星期日做了什麼？

《 たいへんでしたね。》
└ 大変でしたね ┘
真辛苦啊！

- 91 -

迷你對話

　　每個星期假日林志明總是往外跑，但是上回理香跟金文玲去找他，看到凌亂的房間，兩位小姐七嘴八舌的嘮叨了他一頓。所以這個星期天，他只有委屈的打掃一下了。

理香　　**日曜日　何を　しましたか。**
你星期日做了什麼？

　　　　家で　洗濯して、掃除を　しましたよ。　林
在家洗衣，打掃啊！

理香　　**大変でしたね。**
真辛苦啊！

　　　　ほんとう、面白く　なかったよ。　林
可不是，挺無聊的。

🎧 聽聽我說

理香的朋友在述說自己假日做了什麼事。聽聽 1～4 的述說內容，是下面的哪個圖？請按照 CD 中 1～4 的順序，將數字填入 A～D 的方格中。

A

うみ／けが／たいへん
海／受傷／真糟糕

☐

B

レストラン／すきやき／おいしい
餐廳／壽喜燒／好吃

☐

C

しぶや／えいが／おもしろい
澀谷／電影／有趣

☐

D

あねの　いえ／めいの　せいわ／
いそがしい　姊姊家／照顧姪子／很忙

☐

😊 聽聽你說

　　上面的內容再練習一次。等 CD 播放了一個句子，就按下暫停，以自己的速度，跟在後面模仿老師唸一次。

ば行

濁音ば行五個假名是子音 [b] 和母音 [ɑ][i][ɯ][e][o]。跟清音相對，在書寫的時候，要在假名的右上角標上濁音符號「゛」。

ば	び	ぶ	べ	ぼ
[ba]	[bi]	[bɯ]	[be]	[bo]

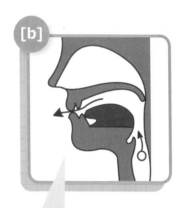

[b]

+

[a]

[i]

[ɯ]

[e]

[o]

緊緊的閉住兩唇，為了不讓氣流流往鼻腔，叫軟顎把鼻腔通道堵住，然後很快放開，讓氣流從兩唇衝出。要同時振動聲帶喔！

79

嘴上體操

ばべび　ばぼぶ　びべば　ぶぼば
ばべびぶ　べぼばぼ
ばびぶべぼ

📖 單字

- □ ことば【言葉】⓪ 語言；詞、話

- □ あびる【浴びる】⓪ 淋、浴

- □ どようび【土曜日】② 星期六

- □ あぶない【危ない】⓪ 危險

- □ ぶたにく【豚肉】⓪ 豬肉

- □ ゆうべ【昨夜】③ 昨晚

- □ たべる【食べる】② 吃

- □ ぼうし【帽子】⓪ 帽子

💬 句子

▸ おたんじょうびは　いつですか。
└ お誕生日は　　　　　　いつですか ┘
你什麼時候生日？

▸ ぼくは　びんぼうです。
└ ぼくは　貧乏です ┘
我很窮。

▸ べんりな　ばしょです。
└ 便利な　　場所です ┘
方便的地方。

🎵 繞口令

♪ぼうずが　びょうぶに　じょうずに　えを　かいた。
└ 坊主が　屏風に　　　　　　上手に　　　　絵を　描いた ┘
和尚在屏風上畫上美麗的畫。

🎧 聽假名

請按照 CD，在假名下方標上順序。

が	ぎ	ぐ	げ	ご
ざ **1**	じ	ず	ぜ	ぞ
だ	ぢ	づ	で	ど
ば	び	ぶ	べ	ぼ

🎧 聽寫單字

聽聽看，把你聽到的單字寫上去。

例 **ゆうべ**　❷.　　❹　　❻

❶　　❸　　❺　　❼

🎧 區別發音

第一遍邊聽邊跟著唸，第二遍選出你聽到的單字。然後在方格內打勾。

例	甘い ⓪	☐ あばい ☑ あまい	甜的	❹	今 ①	☐ いま ☐ いば	現在
❶	無事 ⓪	☐ むじ ☐ ぶじ	平安	❺	寂しい ③	☐ さびしい ☐ さみしい	寂寞
❷	雨 ①	☐ あめ ☐ あべ	雨	❻	重い ②	☐ おぼい ☐ おもい	重
❸	海 ①	☐ うみ ☐ うび	海	❼	寒い ②	☐ さぶい ☐ さむい	（天氣）冷

 **單字重音**　把單字裡的重音，也就是把高讀的假名圈出來（重音說明在 P.14）。

例　**こ と ば**

❶ **あびる**

❷ **どようび**

❸ **あぶない**

❹ **ぶたにく**

❺ **ゆうべ**

❻ **たべる**

❼ **ぼうし**

🎧 **跟著我說**　老師一唸完，就換你緊跟著唸！

換你唸看看，唸完一次就打個 ∨ 吧！

《 いっしょに　　あらわないで　　ください。》
　└一緒に　　　　洗わないで　　　　ください」
　不要一起洗。

《 すみません。》
　對不起！

今天理香和金文玲去公共澡堂洗澡，太郎也去了。為了討好兩位可愛的小姐，太郎自動說要替兩位洗衣服。可是，只見烘乾機前理香手上，拿著一雙被染成藍色的白襪子，生氣地對太郎說話。

理香　　**あっ、私の　白い　靴下が…。**
　　　　啊，我的白襪子…。

太郎　　**あら、青くなりましたね。**
　　　　唉呀，變成藍色的了…。

理香　　**青い服といっしょに　洗わないで　ください。**
　　　　不要跟藍色衣服一起洗。

太郎　　**すみません。**
　　　　對不起！

迷你對話

ば
行

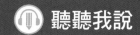 聽聽我說

聽聽 1～4 的對話內容，是下面的哪個圖？請按照 CD 中 1～4 的順序，將數字填入 A～D 的方格中。

A

タバコを　すいます 抽煙

☐

B

でんわを　します 打電話

☐

C

けいたいを　かけます 打手機

☐

D

てがみを　みます 看信

☐

 聽聽你說

上面的內容再練習一次。等 CD 播放了一個句子，就按下暫停，以自己的速度，跟在後面模仿老師唸一次。

ぱ行

半濁音ぱ行五個假名是子音 [p] 和母音 [a][i][ɯ][e][o] 相拼而成的。在書寫的時候，要在假名的右上角標上濁音符號「。」。

ぱ	ぴ	ぷ	ぺ	ぽ
[pa]	[pi]	[pɯ]	[pe]	[po]

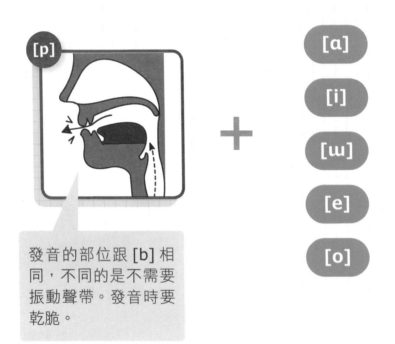

[p]

發音的部位跟 [b] 相同，不同的是不需要振動聲帶。發音時要乾脆。

[a]
[i]
[ɯ]
[e]
[o]

85

嘴上體操

ぱぺぴ　ぱぽぷ　ぴぺぱ　ぷぽぱ
ぱぺぴぷ　ぺぽぱぽ
ぱぴぷぺぽ

ぱ
行

📖 單字

□ ぱり【パリ】① 巴黎

□ ぱす【パス】① 通過

□ ぴあの【ピアノ】⓪ 鋼琴

□ ぴかぴか ①⓪ 光亮；閃耀

□ ぷりん【プリン】① 布丁

□ ぱいぷ【パイプ】⓪ 導管；煙斗

□ ぺこぺこ ①⓪ 扁塌、(肚子)很餓

□ ぽかぽか ①⓪ 暖和

💬 句子

▸ はらが　ぺこぺこだ。
└腹が　　　ぺこぺこだ┘
肚子餓扁了。

▸ ほしが　ぴかぴか、ふとんが　ぽかぽか。
└星が　ぴかぴか、布団が　　ぽかぽか┘
星星亮閃閃，棉被軟烘烘。

▸ ぱっと　とって、ぽんと　なげた。
└ぱっと　取って、ぽんと　　投げた┘
快速一拿，啪地一聲丟出去。

🎵 繞口令

♪ あかぱじゃま、あおぱじゃま、きぱじゃま。
└赤パジャマ、　　青パジャマ、　　　黄パジャマ┘
紅睡衣、藍睡衣、黃睡衣。

🎧 聽寫單字
聽聽看，把你聽到的單字寫上去。

例　**ぷりん**　❷ ▭　❹ ▭　❻ ▭

❶ ▭　❸ ▭　❺ ▭　❼ ▭

🎧 區別發音❶
下面的假名拼對了嗎？請聽 CD 來區別，正確請打「○」，錯誤請打「╳」。

例 ぴりぴり ➡ ╳　　❹ びすとる ➡ ▭

❶ ばり ➡ ▭　　❺ ぶろ ➡ ▭

❷ ぴあの ➡ ▭　　❻ ぱたぱた ➡ ▭

❸ ぽすと ➡ ▭　　❼ べこべこ ➡ ▭

🎧 區別發音❷
第一遍邊聽邊跟著唸，第二遍選出你聽到的單字。然後在方格內打勾。

❶	□ すべる【滑る】② 滑；滑溜 □ すぺる【スペル】② 拼法	❺	□ ひん【品】⓪ 人品；物品 □ びん【瓶】① 瓶子	
❷	□ さんぼん【三本】① 三枝、三顆 □ さんぶん【散文】⓪ 散文	❻	□ パン① 麵包 □ ばん【番】① 輪班；次序	
❸	□ しんぶん【新聞】⓪ 報紙 □ しんぽん【新本】⓪ 新出版的書	❼	□ せんぷん【千分】⓪ 千分 □ せんぼん【千本】① 千枝、千顆	
❹	□ パパ① 爸爸 □ ばば【婆】① 祖母；老太太	❽	□ ぴくぴく① 微動 □ びくびく① 畏首畏尾	

單字重音

把單字裡的重音，也就是把高讀的假名圈出來（重音說明在 P.14）。

例
ぱ)り

❶
ぱんだ

❷
ぴあの

❸
ぴかぴか

❹
ぷりん

❺
ぱいぷ

❻
ぺこぺこ

❼
ぽかぽか

跟著我說

老師一唸完，就換你緊跟著唸！

換你唸看看，唸完一次就打個 ∨ 吧！

《 テニスが　できますか。》
你會打網球嗎？

 1 ☐ 2 ☐ 3 ☐

《 もちろん、できますよ。》
當然，會啊！

 1 ☐ 2 ☐ 3 ☐

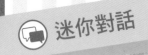

迷你對話

　　金文玲為了健身想加入俱樂部，進俱樂部前，教練手上拿著健康檢查表問了金文玲幾個問題。看到美麗的金文玲教練忍不住要多問一些⋯。

教練　**金さん、テニスが　できますか。**
金小姐，會打網球嗎？

　　　はい、できます。　金
　　　會的。

教練　**運転が　できますか。**
會開車嗎？

　　　もちろん、できますよ。　金
　　　當然，會啊！

教練　**では、料理は　できますか。**
那，你會做料理嗎？

　　　それは…、できません。　金
　　　那個啊…，我不會。

🔊 **聽聽我說** 　聽聽 CD 中 1～6 的對話內容，金小姐會的請在方格中打○，不會的請打 ×。

1 ☐ タイプ ① 打字

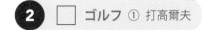

2 ☐ ゴルフ ① 打高爾夫

3 ☐ からて【空手】⓪ 空手道

4 ☐ パチンコ ⓪ 伯青哥

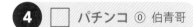

5 ☐ えいご【英語】⓪ 英語

6 ☐ にほんご【日本語】⓪ 日語

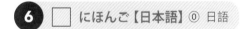

👄 **聽聽你說**

　上面的內容再練習一次。等 CD 播放了一個句子，就按下暫停，以自己的速度，跟在後面模仿老師唸一次。

撥音

撥音「ん」像隻變色龍，因為它的發音，會隨著後面的音的不同而受到影響。其實這也是為了發音上的方便，才這樣變化的。還有它只出現在詞尾或句尾喔！我們看看下面就知道了。

1) 在子音 [m][b][p] 前面時，發雙唇鼻音 [m]

→えんぴつ【鉛筆】[empitsɯ] 鉛筆

2) 在子音 [n][t][d][r][ʥ] 前面時，發舌尖鼻音 [n]

→おんな【女】[onnɑ] 女人

3) 在子音 [k][g] 前面時，發後舌鼻音 [ŋ]

→ぶんか【文化】[buŋkɑ] 文化

4) 在詞尾或句尾時，發小舌鼻音 [N]，也就是讓小舌下垂，後舌面提高，把口腔通道堵住，讓氣流從鼻腔流出來。

→にほん【日本】[ɲihoN] 日本

91

嘴上體操

あん	かん	さん	たん	なん
はん	まん	やん	らん	わん
いん	きん	しん	ちん	にん
ひん	みん	いん	りん	いん

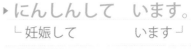

撥音

📖 單字

- いちばん【一番】② 第一
- えんぴつ【鉛筆】⓪ 鉛筆
- おんな【女】③ 女、女性
- かびん【花瓶】⓪ 花瓶
- ぎんこう【銀行】⓪ 銀行
- げんき【元気】① 健康；精力
- たいへん【大変】⓪ 大事件；不容易
- じかん【時間】⓪ 時間

💬 句子

▶ にんしんして　います。
　└ 妊娠して　　　　　います ┘
　我懷孕了。

▶ げんいんは　なんですか。
　└ 原因は　　　　何ですか ┘
　什麼原因?

▶ みんなで　じゅうにんです。
　└ みんなで　　十人です ┘
　總共十人。

🎵 繞口令

♪ いぬは　わんわん、うまは　ひんひん。
　└ 犬は　　わんわん、　馬は　　　　ひんひん ┘
　狗叫汪汪，馬叫西西。

🎧 聽寫單字

聽聽看，把你聽到的單字寫上去。

例 いちばん　② 　　④

① 　　③ 　　⑤

🎧 聽聽看

聽聽看，按照 CD 中的順序，把 (a) ～ (f) 的答案填寫上去。

例 b　❶　❷　❸　❹　❺

(a) しんぶん【新聞】⓪ 報紙

(c) にんにく【大蒜】⓪ 大蒜

(e) かびん【花瓶】⓪ 花瓶

(b) えんぴつ【鉛筆】⓪ 鉛筆

(d) でんわ【電話】⓪ 電話

(f) まんが【漫画】⓪ 漫畫

🎧 區別發音

第一遍邊聽邊跟著唸，第二遍選出你聽到的單字。然後在方格內打勾。

1
- ☐ しんぶん【新聞】⓪ 報紙
- ☐ しぶん【詩文】① 詩文

2
- ☐ かんじ【幹事】① 幹事
- ☐ かじ【火事】① 火災

3
- ☐ あし【足】② 腳
- ☐ あんしん【安心】⓪ 安心

4
- ☐ しさつ【視察】⓪ 視察
- ☐ しんさつ【診察】⓪ 診察

5
- ☐ あんな ⓪ 那樣的
- ☐ あな【穴】② 洞穴

6
- ☐ かんだい【寬大】⓪ 寬大
- ☐ かだい【課題】⓪ 課題

7
- ☐ げんき【元気】① 健康；精神
- ☐ げき【劇】① 劇，演劇

8
- ☐ ぶんか【文化】① 文化
- ☐ ぶか【部下】① 部屬

🎧 單字重音

把單字裡的重音，也就是把高讀的假名圈出來（重音說明在 P.14）。

例
いちばん

❶
えんぴつ

❷
おんな

❸
かびん

❹
ぎんこう

❺
げんき

❻
たいへん

❼
じかん

😊 跟著我說

老師一唸完，就換你緊跟著唸！

換你唸看看，唸完一次就打個 ✓ 吧！

《もしもし、なかやまさんの　おたくですか。》
└ もしもし、中山さんの　　お宅ですか ┘

喂，這是中山家嗎？

1 □ 2 □ 3 □

《にちようび、おひまですか。》
└ 日曜日、　　　おひまですか ┘

你星期日有空嗎？

1 □ 2 □ 3 □

迷你對話

冬天，日本最盛行的活動就是滑雪了。太郎跟林志明想到青森滑雪，於是打電話給理香，準備邀她跟金文玲去青森滑雪。

林 　もしもし、中山さんの　お宅ですか。
　　喂，這是中山家嗎？

　　　　　　　　　　はい、中山ですが。　理香的媽媽
　　　　　　　　　　喂，中山你好。

林 　林と申しますが、理香さんを　お願いします。
　　敝姓林，我找理香小姐。

　　　　　　　はい、少々　お待ち　ください。　理香的媽媽
　　　　　　　好的，你請等一下。

　　　　　　　お電話かわりました。中山です。　理香
　　　　　　　你好，我是中山。

林 　理香さんですか。林ですが。土日は　おひまですか。
　　理香嗎？我是小林啦，你星期六、日有空嗎？

　　　　　　　ええ、別に　用は　ありませんが。　理香
　　　　　　　有啊，我沒什麼別的事啊！

林 　青森へ　行って、スキーしませんか。
　　我們去青森滑雪，如何？

　　　　　　　　　　　　いいですね。　理香
　　　　　　　　　　　　好啊！

林 　では、一時に　駅の　前で、会いましょう。
　　那，我們就中午十二點在車站前碰面了。

🎧 **聽聽我說** 參考「迷你對話」的內容，再聽一次 CD，用線把日語所對應的中文連起來。

① はい、少々　お待ち　ください。　·　　·　**(a)** 我找理香小姐。

② もしもし、中山です。　·　　·　**(b)** 理香嗎？我是小林啦！

③ 理香さんを　お願いします。　·　　·　**(c)** 喂，這裡是中山。

④ 理香さんですか。林ですが。　·　　·　**(d)** 好的，你請等一下。

⑤ 鈴木さんの　お宅ですか。　·　　·　**(e)** 你好，我是中山。

⑥ お電話　かわりました、中山です。·　　·　**(f)** 這是鈴木家嗎？

🎧 **聽聽你說** 請一邊看圖，一邊想像自己是裡面的主角，跟在 CD 後面唸唸看。

片仮名

日語每個假名都有兩種寫法，分別叫「平假名」和「片假名」。前面所學的都是平假名。平假名是由漢字草書演變而成的；相對地片假名是由漢字楷書的部首發展而成的。除了外來語、外國人名、地名和一些動、植物的名稱是用片假名以外，其他生活中的一切，包括書寫、印刷等等都是用平假名。看看下表就知道片假名是怎麼來的了！

ア行	イ行	ウ行	エ行	オ行
ア阿	イ伊	ウ宇	エ江	オ於
カ加	キ幾	ク久	ケ介	コ己
サ散	シ之	ス須	セ世	ソ曽
タ多	チ千	ツ川	テ天	ト止
ナ奈	ニ仁	ヌ奴	ネ祢	ノ乃
ハ八	ヒ比	フ不	ヘ部	ホ保
マ末	ミ三	ム牟	メ女	モ毛
ヤ也		ユ由		ヨ與
ラ良	リ利	ル流	レ礼	ロ呂
ワ和				ヲ乎
ン尓				

97

嘴上體操

アイウエオ	カキクケコ
サシスセソ	タチツテト
ナニヌネノ	ハヒフヘホ
マミムメモ	ヤ　ユ　ヨ
ラリルレロ	ワ　　ヲ
ン	

📖 單字

- ☐ **カメラ** ① 照相機
- ☐ **ラジオ** ① 收音機
- ☐ **テレビ** ① 電視
- ☐ **アメリカ** ⓪ 美國
- ☐ **イギリス** ⓪ 英國
- ☐ **ライオン** ⓪ 獅子
- ☐ **プレゼント** ② 禮物
- ☐ **バイオリン** ⓪ 小提琴

💬 句子

▶ **こづつみを　アメリカに　おくりたいです。**
└ 小包を　　　アメリカに　送りたいです ┘
我要寄包裏到美國。

▶ **あおい　ズボンを　ください。**
└ 青い　　　ズボンを　　ください ┘
給我藍色褲子。

▶ **プレゼント　なにが　いい。**
└ プレゼント　何が　　　いい ┘
你要什麼禮物？

🎵 繞口令

♪ **パイプを　プカプカ　ふかしながら、パチンコを　した。**

邊吞雲吐霧般地抽煙，邊打伯青哥。

聽寫假名　聽聽 CD，把聽到的片假名，按照順序寫上去。

❶ サ	❷	❸	❹	❺
❻	❼	❽	❾	❿
⓫	⓬	⓭	⓮	⓯
⓰	⓱	⓲	⓳	⓴
㉑	㉒	㉓	㉔	㉕
㉖	㉗	㉘	㉙	㉚

聽寫單字　聽聽看，把你聽到的單字寫上去。

例 プレゼント	❷	❹	❻
❶	❸	❺	❼

🎧 **單字重音** 把單字裡的重音，也就是把高讀的假名圈出來（重音說明在 P.14）。

例 カメラ

① ラジオ

② テレビ

③ アメリカ

④ イギリス

⑤ ライオン

⑥ プレゼント

⑦ バイオリン

😊 **跟著我說** 老師一唸完，就換你緊跟著唸！

換你唸看看，唸完一次就打個 ∨ 吧！

《いっしょに　ろてんぶろに　はいりましょう。》
└一緒に　　露天風呂に　　　入りましょう」
我們一起去泡露天溫泉如何？

1□ 2□ 3□

《あっ、いっしょは　ちょっと…。》
└あっ、一緒は　　　ちょっと…」
啊！一起泡不好…吧！

1□ 2□ 3□

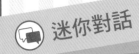

迷你對話

林志明、太郎、金文玲和理香四個人高高興興來到青森的滑雪場，滑雪場裡有接待中心，裡面有許多遊客，他們四個人坐在一起聊天。對日本人而言，滑完雪，就要來個雪地露天溫泉囉！

太郎　**スキーが　好きです。**
我喜歡滑雪。

わたしも　大好きです。　金
我也是。

太郎　**ほんと。じゃ、あしたは　楽しみですね。**
那麼，明天一定很好玩了。

ええ。　金
是啊！

太郎　**スキーの　後は　一緒に　露天風呂に　入りましょうか。**
那滑雪後，我們一起去泡露天溫泉如何？

あっ、一緒は　ちょっと…。　金
啊！一起泡不好…吧！

🔊 **聽聽我說**　聽聽 1～4 的對話內容，是下面哪個場景？請按照 CD 中 1～4 的順序，填入數字到 A～D 的方格中。

A ☐ ビールを　のみます 喝啤酒　　**B** ☐ テニスを　します 打網球

C ☐ かわで　およぎます 在河川游泳　　**D** ☐ えいがを　みます 看電影

😊 **聽聽你說**

　　上面的內容再練習一次。等 CD 播放了一個句子，就按下暫停，以自己的速度，跟在後面模仿老師唸一次。

促音

促音用寫得比較小的假名「っ」表示，片假名是「ッ」。發促音時，嘴形要保持跟它後面的子音一樣，然後好像要發出後面的子音，又不馬上發出，這樣持續停頓約一拍的時間，最後讓氣流衝出去。再一次強調，發促音的時候，是要佔一拍的喔！

促音是不單獨存在的，也不出現在詞頭、詞尾，還有撥音的後面。它只出現在詞中，一般是在「か、さ、た、ぱ」行前面。書寫時，橫寫要靠下寫，豎寫要靠右寫。羅馬字是用重複促音後面的子音字母來表示。例如：

こっか【国家】 [kokka] 國家

ざっし【雑誌】 [zasshi] 雜誌

もっと [motto] 更加

きっぷ【切符】 [kippu] 車票

在外來語裡，促音也出現在半濁音、濁音的前面。例如：

コップ [koppu] 杯子

バッグ [baggu] 手提包

103

嘴上體操

いた	いった	／	いた	いった	／	いた	いった
あき	あっき	／	あき	あっき	／	あき	あっき
にし	にっし	／	にし	にっし	／	にし	にっし
すぱい	すっぱい	／	すぱい	すっぱい	／	すぱい	すっぱい

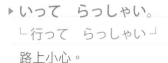
促音

單字

- □ こっか【国家】① 國家

- □ けっこん【結婚】⓪ 結婚

- □ いっさつ【一冊】④ 一冊

- □ ざっし【雑誌】⓪ 雜誌

- □ はったつ【発達】⓪ 發達

- □ みっつ【三つ】③ 三、三個

- □ りっぱ【立派】⓪ 美觀；優秀

- □ きっぷ【切符】⓪ 車票

句子

▸ いって　らっしゃい。
「行って　らっしゃい」
路上小心。

▸ ちょっと　まって　ください。
「ちょっと　待って　ください」
請等一下。

▸ あさってと　しあさっては　やすみです。
「明後日と　明々後日は　休みです」
後天跟大後天休息。

🎵 繞口令

♪ ポットを　そとに　そっと　おきました。
「ポットを　外に　　　そっと　　　置きました」
輕輕把壺放在外面。

🖊 聽寫單字

聽聽看，把你聽到的單字寫上去。

例 りっぱ ② ④ ⑥

① ③ ⑤ ⑦

🖊 區別發音 ❶

第一遍邊聽邊跟著唸，第二遍選出你聽到的單字。然後在方格內打勾。

1
☐ いっち【一致】⓪ 一致
☐ いち【一】② 一

2
☐ さか【坂】② 斜坡
☐ さっか【作家】⓪ 作家

3
☐ あし【足】② 腳
☐ あっし【圧死】⓪ 壓死

4
☐ ぶし【武士】① 武士
☐ ぶっし【物資】① 物品

5
☐ あっか【悪化】⓪ 惡化
☐ あか【赤】① 紅色

6
☐ おと【音】② 聲音
☐ おっと【夫】⓪ 丈夫

7
☐ なっとう【納豆】③ 納豆
☐ など【等】① 等等

8
☐ はば【幅】⓪ 寬，幅度
☐ はっぱ【葉っぱ】⓪ 葉子

🖊 區別發音 ❷

下面的假名拼對了嗎？請聽 CD 來區別，正確請打「○」，錯誤請打「×」。

例 いっぱい ➡ ○ 　　④ きっさてん ➡

① にぽん ➡ 　　⑤ にんき ➡

② やっつ ➡ 　　⑥ ふっつか ➡

③ だったい ➡ 　　⑦ こんか ➡

🎧 單字重音

把單字裡的重音，也就是把高讀的假名圈出來（重音說明在 P.14）。

例 ⓒっか

① けっこん

② いっさつ

③ ざっし

④ はっさい

⑤ みっつ

⑥ りっぱ

⑦ きっぷ

🎧 跟著我說

老師一唸完，就換你緊跟著唸！

換你唸看看，唸完一次就打個 ∨ 吧！

《 あおもりえきに　いきたいのですが。》
「青森駅に　　　　　行きたいのですが」
我們想到青森車站。

《 まっすぐ　いって　ください。》
「まっすぐ　行って　　ください」
請直走。

迷你對話

四個人滑完雪後，想逛逛青森，聽說青森車站，有好吃的車站便當，於是四個人邊看地圖，邊找青森車站，但中途還是迷路了，這時候林志明就自告奮勇上前問路人。

ちょっと　すみません。　林
請問一下。

路人　はい。
有什麼事？

青森駅に　行きたいのですが。　林
我們想到青森車站。

路人　青森駅ですか。ええと…。あの　信号を　左に　曲がって　ください。
青森車站啊！嗯…。請在那個紅綠燈左轉。

左ですね。　林
左邊嗎？

路人　ええ。そして、まっすぐ　行って　ください。それから…。
是的。然後，直走。接下來…。

すみません、地図を　書いて　ください。　林
不好意思，可以幫我畫張地圖嗎？

聽聽我說

左邊的中文，是右邊哪些日文的翻譯，請用線把他們連起來。

(a) 花店在你左邊。　・　　・　❶ みぎに　まがって　ください。

(b) 請過橋。　・　　・　❷ はしを　わたって　ください。

(c) 請直走。　・　　・　❸ まっすぐ　いって　ください。

(d) 請右轉。　・　　・　❹ はなやは　あなたの　ひだりに　あります。

聽聽你說

報路常用的句子怎麼說呢？請邊看著圖，然後跟在 CD 後面，模仿老師唸一次。

長音

長音就是把假名的母音部分，拉長一拍唸的音。要記得喔！母音長短的不同，意思就會不一樣，所以辨別母音的長短是很重要的！還有，除了撥音「ん」和促音「っ」以外，日語的每個音節都可以發成長音。

長音的標示法是：あ段假名後加あ；い段假名後加い；う段假名後加う；え段假名一般後加い，但有的單字要加え；お段假名一般後加う，但有些單字要加お。外來語以「一」表示。

平假名	ああ	いい	うう	えい（ええ）	おう（おお）
	さあ	しい	すう	せい	そう
片假名	アー	イー	ウー	エー	オー
	サー	シー	スー	セー	ソー
國際音標	[ɑ:]	[i:]	[ɯ:]	[e:]	[o:]
	[sɑ:]	[ʃi:]	[sɯ:]	[se:]	[so:]

109

嘴上體操

ああ	かあ	さあ	ター	ナー
いい	きい	しい	チー	ニー
ぬう	ふう	むう	ユー	ルー
れい	げい	ぜい	ベー	ペー
ごう	ぞう	どう	ボー	ポー

📖 單字

☐ アパート ② 公寓

☐ ラーメン ① 拉麵

☐ うれしい【嬉しい】③ 高興

☐ くうき【空気】① 空氣

☐ えいご【英語】⓪ 英語

☐ ねえさん【姉さん】① 姊姊

☐ こうえん【公園】⓪ 公園

☐ おとうと【弟】④ 弟弟

💬 句子

▸ ごうかく、おめでとう。
└合格、　　　おめでとう┘
恭喜你考上了。

▸ こういが　こいに　かわった。
└好意が　　　恋に　　　変わった┘
善意變成了情意。

▸ まあ、きれいだわあ。
唉呀！真是漂亮！

🎵 繞口令

♪ おばさんと　おばあさんが　オーバーを　きた。
└おばさんと　　　お婆さんが　　　オーバーを　　　着た┘
姑姑和奶奶穿了外套。

🎧 聽寫單字

聽聽看，把你聽到的單字寫上去。

例　れえさん　　❷　　　　　　　❹　　　　　　　❻

❶　　　　　　❸　　　　　　　❺　　　　　　　❼

🎧 區別發音 ❶

下面的假名拼對了嗎？請聽 CD 來區別，正確請打「○」，錯誤請打「×」。

例　おばあさん　➡　○　　　　❹　のみん　➡

❶　にさん　　　➡　　　　　　❺　ゆうき　➡

❷　ゆうじん　➡　　　　　　　❻　そうじ　➡

❸　せんせい　➡　　　　　　　❼　ゆめ　　➡

🎧 區別發音 ❷

第一遍邊聽邊跟著唸，第二遍選出你聽到的單字。然後在方格內打勾。

❶
☐ こい【恋】① 愛情
☐ こうい【好意】① 善意

❷
☐ へや【部屋】② 房間
☐ へいや【平野】⓪ 平原

❸
☐ ゆき【雪】② 雪
☐ ゆうき【勇気】① 勇氣

❹
☐ くろ【黒】① 黑色
☐ くろう【苦労】① 辛苦

❺
☐ ビル ① 大樓
☐ ビール ① 啤酒

❻
☐ かど【角】① 角；轉角
☐ カード ① 卡片

❼
☐ あと【後】① 後面
☐ アート ① 藝術、美術

❽
☐ ちず【地図】① 地圖
☐ チーズ ① 起士

🎧 單字重音

把單字裡的重音，也就是把高讀的假名圈出來（重音説明在 P.14）。

例 アパート

① ラーメン

② おおさか

③ くうき

④ えいご

⑤ おねえさん

⑥ こうえん

⑦ おとうと

🗣 跟著我說

老師一唸完，就換你緊跟著唸！

換你唸看看，唸完一次就打個 ∨ 吧！

《 これは　あにです。》
└ これは　兄です 」

這是我哥哥。

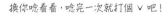
 1□ 2□ 3□

《 ははは　スーパーで　パートを　して　います。》
└ 母は　スーパーで　パートを　して　います 」

我母親在超市打零工。

 1□ 2□ 3□

理香的父母總是聽理香談到好動、開朗的林志明，所以也很想見他一面。今天林志明到理香家，理香家客廳掛著全家福照，兩人指著照片在說話。

理香　これは　兄です。
這是我哥哥。

林　あっ、お兄さん、かっこいいですね。
你哥哥好帥。

理香　兄は　自動車の　セールスを　して　います。
我哥哥是汽車行銷員。

林　これは　お父さんと　お母さんですね。
這是你父母吧！

理香　ええ、仲が　いいです。
是啊！兩人感情好得很呢！

林　いいですね。お仕事は　何ですか。
真好，從事什麼工作呢？

理香　父は　公務員です。母は　スーパーで　パートを　して　います。
我父親是公務員，我母親在超市打零工。

迷你對話

🎙 **聽聽我說**　林志明在談太郎的家人。聽聽 1～4 的對話內容，是下面哪個場景？請按照 CD 中 1～4 的順序，填入數字到 A～D 的方格中。

A ☐ おねえさん【お姉さん】② 姊姊　　**B** ☐ おかあさん【お母さん】② 媽媽

C ☐ おとうさん【お父さん】② 爸爸　　**D** ☐ おばあさん② 奶奶

🎧 **聽聽你說**

　上面的內容再練習一次。等 CD 播放了一個句子，就按下暫停，以自己的速度，跟在後面模仿老師唸一次。

拗音

由い段假名和や行相拼而成的音叫「拗音」。拗音音節只唸一拍的長度。拗音的寫法是在「い段」假名後面寫一個比較小的「ゃ」、「ゅ」、「ょ」，用兩個假名表示一個音節。

平假名	きゃ	きゅ	きょ
片假名	キャ	キュ	キョ
國際音標	[kja]	[kjɯ]	[kjo]

把拗音拉長一拍，就是拗長音了。另外，拗音後面緊跟著撥音就叫拗撥音；後面如果緊跟著促音就叫拗促音。

平假名	きゃあ	きゅう	きょう
片假名	キャア	キュウ	キョウ
國際音標	[kjɑ:]	[kjɯ:]	[kjo:]

115

嘴上體操

きゃ	きゅ	きょ	ぎゃ	ぎゅ	ぎょ	きゃあ	きゅう	きょう
しゃ	しゅ	しょ	じゃ	じゅ	じょ	しゃあ	しゅう	しょう
ひゃ	ひゅ	ひょ	びゃ	びゅ	びょ	ひゃあ	ひゅう	ひょう

單字

- □ きゃく【客】⓪ 客人
- □ きょねん【去年】① 去年
- □ しゅくだい【宿題】⓪ 習題
- □ びょういん【病院】⓪ 醫院
- □ ちゃいろ【茶色】⓪ 茶色
- □ こんにゃく【蒟蒻】③ 蒟蒻
- □ ニュース① 新聞
- □ じゅんび【準備】① 準備

句子

▸ おちゃを　どうぞ。
└お茶を　　どうぞ」
請喝茶。

▸ しょうゆを　ちょっと　いれる。
└醬油を　　　ちょっと　入れる」
放一點醬油進去。

▸ ちょうちょうが　とんで　いる。
└蝶々が　　　　　飛んで　いる」
蝴蝶飛著。

🎵 繞口令

♪ となりの　きゃくは　よく　かきくう　きゃくだ。
└隣の　　　客は　　　よく　柿食う　　客だ」
隔壁的客人，是超愛吃柿子的客人（吃很多）。

聽寫單字

聽聽看，把你聽到的單字寫上去。

例　きゃく

② 　　　　　　　　④

① 　　　　　　　　③ 　　　　　　　　⑤

聽聽看

聽聽看，按照 CD 中 1～6 的順序，把 (a)～(f) 的答案填寫上去。

例　C　①　　②　　③　　④　　⑤

(a)
シャツ① 襯衫

(c)
しゃしん
【写真】⓪ 照片

(e)
せんしゅ
【選手】① 選手

(b)
ぎょせん
【漁船】⓪ 漁船

(d)
としょかん
【図書館】② 圖書館

(f)
かんじゃ
【患者】⓪ 病患

區別發音

第一遍邊聽邊跟著唸，第二遍選出你聽到的單字。然後在方格內打勾。

1
- □ きゃく【客】⓪ 客人
- □ きやく【規約】⓪ 章程

2
- □ ひやく【飛躍】⓪ 跳躍；飛躍
- □ ひゃく【百】② 一百

3
- □ いしゃ【医者】⓪ 醫生
- □ いしや【石屋】② 石匠

4
- □ きょく【曲】⓪ 曲子
- □ きおく【記憶】⓪ 記憶

5
- □ くうこう【空港】⓪ 機場
- □ きゅうこう【急行】⓪ 快車；急往

6
- □ すうじ【数字】⓪ 數字
- □ しゅうじ【習字】⓪ 練字、書法

7
- □ ちゅうしん【中心】⓪ 中心
- □ つうしん【通信】⓪ 通音信；通訊

8
- □ しようにん【使用人】⓪ 佣人；雇工
- □ しょうにん【証人】⓪ 證人

🎧 單字重音

把單字裡的重音，也就是把高讀的假名圈出來（重音説明在 P.14）。

例
きゃく

① きょねん

② しゅくだい

③ シャツ

④ ちゃいろ

⑤ こんにゃく

⑥ りょこう

⑦ きょう

😊 跟著我說

老師一唸完，就換你緊跟著唸！

換你唸看看，唸完一次就打個 ∨ 吧！

《すみません、パンツが　ほしいのですが。》　1□ 2□ 3□

不好意思，我想買件內褲。

《おいくらですか。》　1□ 2□ 3□

多少錢？

大致習慣日本生活的林志明，上街購物部份可以一個人料理了。今天林志明到銀座街的服飾店買內褲，店員是個年輕女性，他很不好意思地挑選內褲。

すみません。パンツが　ほしいのですが。　林
不好意思，我想買件內褲。

店員　この　パンツは　どうですか。
這件如何？

えっ、どの　パンツですか。　林
什麼？哪一件！

店員　この　青い　パンツです。
這件藍色的內褲。

そうですね。…おいくらですか。　林
這件啊！嗯…要多少錢？

店員　500 円です。
500 日圓。

じゃ、これ　ください。　林
那，給我這件。

店員　はい、500 円です。ありがとう　ございます。
好的，500 日圓。謝謝惠顧！

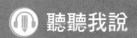
聽聽我說
聽聽 CD 中 1 ～ 4 的內容，下面這些東西各是多少錢？請把聽到的價錢寫上去。

じてんしゃ【自転車】② 腳踏車

＿＿＿＿ 円

シャツ ① 襯衫

＿＿＿＿ 円

ぎゅうにく【牛肉】⓪ 牛肉

＿＿＿＿ 円

ジュース① 果汁

＿＿＿＿ 円

聽聽你說

　　上面的內容再練習一次。等 CD 播放了一個句子，就按下暫停，以自己的速度，跟在後面模仿老師唸一次。

附錄 ふろく

一、母音無聲化

母音一般是音色鮮明，而且發音時通常要振動聲帶；相對地什麼是母音無聲化呢？就是在特殊的情況下，受到前後音的影響，產生不振動聲帶，但要保留母音發音時的唇形、音長、舌位的這一現象，就叫「母音無聲化」。

為什麼會有母音無聲化的現象呢？那是因為母音受到前後相鄰的清子音（濁子音就不會）的影響而無聲化。還有，母音無聲化的這一現象，一般不出現在音調核上。所謂音調核，是指音調由高調轉向低調的最後一個高調音節。關於音調問題，後面有較詳細的介紹。請參考下一單元。

產生母音無聲化是有規律的：

（一）「き、く、し、す、ち、つ、ひ、ふ、ぴ、ぷ、しゅ」等音，後面接「か、さ、た、は」行音和促音，而且不在重音核上的時候，就會發生「母音無聲化」。例如：

きく【聞く】[ki̥kɯ]　問

あした【明日】[aʃi̥ta]　明天

きっぷ【切符】[ki̥ppɯ]　車票

（二）「き、く、し、す、ち、つ、ひ、ふ、ぴ、ぷ、しゅ」等音，出現在詞尾或句尾時，而且音調是低調的時候，母音就會無聲化。例如：

あき【秋】[aki̥]　秋天

かく【書く】[kakɯ̥]　書寫

いち【位置】[itʃi̥]　位置

たべます【食べます】[tabemasɯ̥]　吃

因為中文並沒有母音無聲化的現象，所以要怎麼發準母音無聲化呢？告訴你二個訣竅：一是無聲化母音的舌位、唇形等等，還有前面的子音音素，都不要改變；二是不要縮短音節，要保

持音節的長度。

我們以「きく（聞く）」[kikɯ] 中的母音無聲化 [i̥] 為例。發這個音時，要讓舌、唇等口腔發音器官，完全保持 [i] 時的狀態，喉頭放鬆，聲帶不要振動。發音時 [i̥] 的氣流要比 [i] 強些。[i̥] 前面的子音一定要發顎化音 [k̟]，否則容易讓人誤以為是「くく」。還有，不要縮短 [i̥] 的音節，要發得夠長，讓 [ki̥] 的長度跟 [kɯ] 一樣長。這樣就可以了。

最後再補充一下，什麼是顎化音？我們回憶一下 [k] 的發音吧！發這個音是要讓後舌面跟軟顎接觸，擋住氣流，然後很快放開，讓氣流衝出。而顎化音的 [k̟] 要再更前面些，也就是讓後舌面抵住硬顎和軟顎相接部位，來擋住氣流。接觸面積比 [k] 要大些。

二、重音（アクセント）

1 為什麼要學重音？

我們先來看看下面的兩個句子。

「はしでご飯を食べます。」（用筷子吃飯。）

「はしを渡ります。」（過橋。）

這兩句話中都有一個「はし」，但兩者的意思可是大大地不同喔！其實，前面是「箸（筷子）」，下一個是「橋（橋）」。這兩個字如果直接用漢字，那就可以一目了然了。書寫時是如此，那麼，說話的時候，要如何區別呢？

這時候，就需要「重音」來區別了。

世界各種語言的重音，大致可以分成強弱和高低兩種類型。強弱重音決定「單詞的重音在哪裡」，英語就是屬於這種強弱重音；而高低重音則決定了「單詞的高音在哪裡」。中文和日語都屬於這種高低重音。

在例句的「はし」中，

「橋」（橋樑）是「はし」（「し」要發高音）

「箸」（筷子）是「はし」（「は」要發高音）

因此，有了高低的不同，聽的一方就可以區分這兩個單詞的意思了。從這裡可以知道，日語單詞中的重音，是具有辨別同音詞詞義的作用。

2) 重音有哪些特點？

日語的重音具有以下的特點：

(1) 一個假名內沒有高低音調的變化。也就是說，像「四聲」中的「ma」＼一樣，在「同一個假名」內，音調沒有高低的變化。音調的高低變化，出現在假名與假名之間。

(2) 第一個假名和第二個假名的音調高低絕對不同。也就是說，如果第一個假名發「低音」，第二個假名就會發「高音」；相反的，如果第一個假名發「高音」時，第二個假名就要發「低音」。

(3) 一個單詞內，音調由高調轉低調的地方「重音核」不超過一個。也就是說，在一個單詞內，「一旦音調降低後，就不會再上升」。

重音中，最重要的就是音調下降的地方，也就是「重音核」。只要知道音調從第幾個音節之後轉為低調，就可以確定它的調型了。

3) 重音的類型

日語重音的類型，可以分為以下四種：

(1) 頭高型：第一個假名為高音，第二個假名開始為低音。

　　ふじさん（富士山）→重音核在「ふ」

　　まいにち（每天）→重音核在「ま」

(2) 中高型：第一個假名為低音，第二個（或第二、三個…）假名為高音，第三個（或第三、四個…）假名之後是低音。

　　むらさき（紫色）→重音核在「ら」

　　あまがさ（雨傘）→重音核在「が」

(3) 尾高型：第一個假名為低音，第二個假名為高音，當單詞後接助詞時，助詞也發低音。為了和平板型加以區分，請試著接助詞「が」。

いもうと｜が（妹妹）→重音核在「と」

ゆき｜が（雪）→重音核在「き」

(4) 平板型：第一個假名為低音，第二個假名以後都為高音，如果單詞後續助詞，助詞也發高音。注意平板型沒有重音核喔！

ともだちが

がくせいが

4 重音的表示法

不同的字典或不同教科書，表示重音的方法都各有不同，請特別注意。經常使用的有：

(1) 以圖表示

「ふじさん」

(2) 以符號表示

在發高音的假名上面畫線，在重音核後面用「┐」做記號，平板型由於沒有重音核所以沒有「┐」這一符號。

「ふじ｜さん」「いもうと｜」「ともだち」

(3) 以數字表示

「おとうと｜」（弟）由於重音核在第四個音節，所以標作④。

本書採用的是（3）的標示方式。請參考第 14 頁。

三、日語句調

1 為什麼會讓對方感到「失禮」呢？

想像一下，你在搭計程車。計程車快到家了，所以請司機停車。

這時，如果你跟司機說：「ここで、**けっこうです**。」（這裡就可以了），在「けっこうです」這個地方用力說出，將會有怎樣的結果？

司機一定覺得「這個客人到底不高興些什麼」而感到心情惡劣。

還有，不知道大家是不是聽過，某某外國人說的日語，文法明明很正確，發音也標準得不得了，卻不知道為什麼總讓人感到「失禮」？其實，原因就在於搞錯了句尾語調（イントネーション）和語句重音（プロミネンス）了。原來，說話的時候，句尾語調和語句重音的運用是這麼的重要。

2 句尾語調

句尾語調，是指句子最後是「高音」、「低音」或是「既不是高音，也不是低音」。藉著句尾音調的高低輕重，來區別說話人的情感和目的。同樣一句話，句尾高低音調的不同，是可以表現出不同的情感和目的的。

例如，「田中さんは日本語の先生ですか。」（田中先生是日語老師嗎）這樣一個句子，如果句尾是「高音」的話，就變成了「先生ですか？」（是老師嗎？）的疑問句；如果句尾是「低音」，就變成得知「日本語の先生」這個訊息後，接受了「先生なんですね。」（原來他是老師），一種輕微的的感嘆，自言自語地重複一遍的肯定句。

日語的句尾語調，可以分為三大類。

(1) 下降

用來表示敘述、斷定、接受、命令、喜悅或憤怒的感情。例如：

「**田中さんはエンジニアです。**」↘（田中先生是工程師。）……敘述

「**彼はきっと行きます。**」↘（他一定會去。）……斷定

「そうですか。」↘（原來如此）……接受

「早くしなさい。」↘（動作快。）……命令

「まぁ、うれしい。」↘（哇，好高興）……喜悅

(2) 上升

用於表示疑問、確認和告知。

「どこに行きますか。」↗（去哪裡？）……疑問

「みなさん、お元気ですね。」↗（大家的精神真好。）……確認

「このケーキ、おいしいですよ。」↗（這個蛋糕很好吃。）……告知

(3) 平調

表示正在考慮中，也就是句子還沒有完成的意思。

「どこに行こうか。」→（要不要去哪裡走走？）……這個句子表示正在思考「要不要去哪裡走走？……是東京呢？還是橫濱呢？」

另外，還有一種

(4) 下降上升

句子的最後先下降，再上升，表示「（稍微有點輕蔑的）驚訝」，這種語調常會讓人覺得沒禮貌，外國人最好不要輕易使用。例如：

「田中さんが先生ですか。」↘　↗（田中先生是老師嗎？）

這句話聽起來有「那個（成績很差）的田中先生竟然是老師嗎？」的意思，會讓人感覺不懷好意。

答案 こたえ

1 あ行

聽假名

❶ え ❷ い ❸ お ❹ う ❺ え

❻ あ ❼ お

聽寫假名

❶ え ❷ あ ❸ お ❹ い ❺ う

❻ あ ❼ お

聽寫單字

❶ あう【会う】

❷ おう【追う】

❸ いえ【家】

❹ うえ【上】

❺ おい【甥】

❻ あい【愛】

❼ うお【魚】

單字重音

❶ あう

❷ あお

❸ いえ

❹ おう

❺ うえ

❻ うお

❼ おい

聽聽我說

Ⓐ ④ こんにちは。

Ⓑ ⑤ おやすみなさい。

Ⓒ ② おはよう　ございます。

Ⓓ ① こんばんは。

Ⓔ ③ さようなら。

聽聽你說

❶ こんばんは。

❷ おはよう　ございます。

❸ さようなら。

❹ こんにちは。

❺ おやすみなさい。

2 か行

聽假名

❶ こ ❷ か ❸ け ❹ く ❺ き

❻ こ ❼ か

聽寫假名

❶ か ❷ き ❸ け ❹ く ❺ か

❻ け ❼ き

聽寫單字

❶ えき【駅】

❷ あかい【赤い】

❸ きく【菊】

❹ あき【秋】

❺ かく【書く】

❻ かき【柿】

❼ いけ【池】

單字重音

1. か⟨く⟩
2. き⟨く⟩
3. こ⟨こ⟩
4. あ⟨かい⟩
5. ⟨あ⟩き
6. い⟨け⟩
7. ⟨え⟩き

聽聽我說

1. はじめまして、たなかです。よろしく　おねがいします。
（你好，我叫田中。請多指教。）

2. キンです。よろしく。
（我姓金，請指教。）

3. リンと　もうします。どうぞ　よろしく。
（敝姓林，請多指教。）

4. なかやまりかです。どうぞ　よろしく　おねがいします。
（我是中山理香，請多多指教。）

答案

1. C　2. A　3. B　4. D

聽聽你說

1. はじめまして、たなかです。よろしく　おねがいします。

2. キンです。よろしく。

3. リンと　もうします。どうぞ　よろしく。

4. なかやまりかです。どうぞ　よろしく　おねがいします。

3）さ行

聽假名

1. さ　2. そ　3. し　4. せ　5. す
6. さ　7. し

聽寫假名

1. そ　2. さ　3. す　4. せ　5. し
6. そ　7. す

聽寫單字

1. すいか
2. せかい【世界】
3. さけ【酒】
4. すし【寿司】
5. そこ
6. あさ【朝】
7. せき【席】

單字重音

1. し⟨お⟩
2. す⟨いか⟩
3. ⟨す⟩し
4. ⟨せ⟩かい
5. ⟨せ⟩き
6. そ⟨こ⟩
7. ⟨あ⟩さ

聽聽我說

1. これは　きくです。あれは　おかしです。
（這是菊花，那是糕點。）

2. これは　さけです。あれは　すしです。
（這是酒，那是壽司。）

3. これは　かきです。あれは　すいかです。
（這是柿子，那是西瓜。）

④ これは　しおです。あれは　こいです。
（這是鹽，那是鯉魚。）

① C ② A ③ B ④ D

聽聽你說

① これは　きくです。あれは　おかし
です。

② これは　さけです。あれは　すしです。

③ これは　かきです。あれは　すいか
です。

④ これは　しおです。あれは　こいです。

4　た行

聽寫假名

① つ ② ち ③ と ④ て ⑤ ち
⑥ つ ⑦ た

聽寫單字

① あつい【暑い】

② たつ【立つ】

③ たかい【高い】

④ とち【土地】

⑤ とけい【時計】

⑥ あいて【相手】

⑦ いつ

區別發音

① つき【月】

② すいか

③ うつ【打つ】

④ こつ

⑤ ちかう【誓う】

⑥ ちえ【知恵】

⑦ いつ

⑧ くち【口】

單字重音

① たつ

② とち

③ いち【位置】

④ あつい

⑤ いつ

⑥ あいて

⑦ とけい

聽聽我說

① こちらは　さとうさんです。
（這是佐藤先生。）

さとうさんは　えきいんです。
けいさつかんでは　ありません。
（佐藤先生是電車站員，不是警察。）

② こちらは　あおきさんです。
（這是青木先生。）

あおきさんは　せんせいです。
えきいんでは　ありません。
（青木先生是老師，不是電車站員。）

③ こちらは　ささきさんです。
（這是佐佐木先生。）

ささきさんは　けいさつかんです。
てんいんでは　ありません。
（佐佐木先生是警察，不是店員。）

④ こちらは　おおいしさんです。
（這是大石小姐。）

おおいしさんは　てんいんです。
せんせいでは　ありません。
（大石小姐是店員，不是老師。）

① C ② A ③ B ④ D

聽聽你說

❶ こちらは　さとうさんです。
　さとうさんは　えきいんです。
　けいさつかんでは　ありません。

❷ こちらは　あおきさんです。
　あおきさんは　せんせいです。
　えきいんでは　ありません。

❸ こちらは　ささきさんです。
　ささきさんは　けいさつかんです。
　てんいんでは　ありません。

❹ こちらは　おおいしさんです。
　おおいしさんは　てんいんです。
　せんせいでは　ありません。

5 　な行

聽寫假名

❶ な ❷ ね ❸ に ❹ な ❺ ぬ
❻ の ❼ ね

聽寫單字

❶ あに【兄】
❷ にし【西】
❸ ぬの【布】
❹ いのち【命】
❺ なな【七】

聽聽看

❶ d ❷ a ❸ g ❹ b ❺ f

單字重音

❶ なな
❷ あに
❸ にし
❹ いぬ
❺ ねこ

❻ ぬの
❼ いのち

聽聽我說

Ⓐ 4
　ここは　えきです。
　（這是車站。）

Ⓑ 5
　ここは　こうえんです。
　（這是公園。）

Ⓒ 1
　ここは　いなかです。
　（這是鄉下。）

Ⓓ 6
　ここは　とかいです。
　（這是都市。）

Ⓔ 2
　ここは　たいしかんです。
　（這是大使館。）

Ⓕ 3
　ここは　さかです。
　（這是斜坡。）

聽聽你說

❶ ここは　いなかです。
❷ ここは　たいしかんです。
❸ ここは　さかです。
❹ ここは　えきです。
❺ ここは　こうえんです。
❻ ここは　とかいです。

6 　は行

聽寫假名

❶ ふ ❷ は ❸ ひ ❹ ほ ❺ へ
❻ は ❼ ふ

聽寫單字

❶ ふたつ【二つ】

❷ ひふ【皮膚】

❸ ほね【骨】

❹ はし【箸】

❺ はは【母】

❻ ひとつ【一つ】

❼ ほし【星】

寫正確

❶ ひとつ②
一‧一個

❷ はたち①
二十歳

❸ たのしい③
快樂

❹ はし①
筷子

❺ さいふ⓪
錢包

❻ ほてる①
飯店

❼ へや②
房間

❽ おいしい③
好吃

單字重音

❶ はⓗし

❷ ⓗふ

❸ ひⓣつ

❹ ふⓣつ

❺ へⓣ

❻ ほⓛ

❼ ほⓝ

聽聽我說

❶ これは　リンさんの　とけいです。
（這是小林的錶。）

❷ これは　たろうさんの　はこです。
（這是太郎的箱子。）

❸ これは　りかさんの　つくえです。
（這是理香的桌子。）

❹ これは　キンさんの　かさです。
（這是小金的雨傘。）

答案

❶ A ❷ B ❸ D ❹ C

聽聽你說

❶ これは　リンさんの　とけいです。

❷ これは　たろうさんの　はこです。

❸ これは　りかさんの　つくえです。

❹ これは　キンさんの　かさです。

7 ま行

聽寫假名

❶ み ❷ め ❸ ま ❹ む ❺ も
❻ め ❼ み

聽寫單字

❶ にもつ【荷物】

❷ みせ【店】

❸ むすめ【娘】

❹ みなみ【南】

❺ いま【今】

❻ もも【桃】

❼ あまい【甘い】

聽聽看

❶ d ❷ f ❸ a ❹ c ❺ e

單字重音

❶ あ(ま)い

❷ み(せ)

❸ み(な)み

❹ さ(む)い

❺ む(す)め

❻ (に)もつ

❼ も(も)

聽聽我說

❶ この おおきな いえは だれの ですか。
（這間大房子是誰的？）

たろうのです。
（是太郎的。）

❷ この ちいさな ねこは だれの ですか。
（這隻小貓是誰的？）

りかのです。
（是理香的。）

❸ あの おおきな いぬは だれの ですか。
（那隻大狗是誰的？）

リンさんのです。
（是小林的。）

❹ あの さいふは だれのですか。
（那個錢包是誰的？）

キンさんのです。
（是小金的。）

答案

❶ C ❷ B ❸ D ❹ A

聽聽你說

❶ この おおきな いえは だれの ですか。
たろうのです。

❷ この ちいさな ねこは だれの ですか。

りかのです。

❸ あの おおきな いぬは だれの ですか。
リンさんのです。

❹ あの さいふは だれのですか。
キンさんのです。

8 や行

聽寫假名

❶ よ ❷ や ❸ い ❹ ゆ ❺ え

❻ よ ❼ や

聽寫單字

❶ つよい【強い】

❷ よこ【横】

❸ やさしい【優しい】

❹ いや【嫌】

❺ ゆめ【夢】

聽聽看

❶ f ❷ e ❸ a ❹ d ❺ b

單字重音

❶ い(や)

❷ (や)お(や)

❸ ゆ(め)

❹ ゆ(き)

❺ (よ)む

❻ つよい

❼ よ(こ)

聽聽我說

❶ ねこは どこに いますか。
（貓在哪裡？）

ねこは つくえの したに います。
（貓在書桌下。）

❷ いぬは　どこですか。
（狗在哪裡？）

はこの　なかです。
（在箱子裡面。）

❸ とけいは　どこに　ありますか。
（時鐘在哪裡？）

とけいは　まどの　そばに　あります。
（時鐘在窗邊。）

❹ かさは　どこですか。
（雨傘在哪裡？）

つくえの　うえです。
（在桌上。）

答案

❶ D　❷ A　❸ B　❹ C

聽聽你說

❶ ねこは　どこに　いますか。
ねこは　つくえの　したに　います。

❷ いぬは　どこですか。
はこの　なかです。

❸ とけいは　どこに　ありますか。
とけいは　まどの　そばに　あります。

❹ かさは　どこですか。
つくえの　うえです。

9 ら行

聽寫假名

❶ る　❷ ら　❸ ろ　❹ れ　❺ り

❻ ら　❼ る

聽寫單字

❶ とり【鳥】

❷ これ

❸ さくら【桜】

❹ おふろ【お風呂】

❺ はれ【晴れ】

❻ そら【空】

❼ はる【春】

區別發音

❶ はな【花】

❷ らく【楽】

❸ りく【陸】

❹ なな【七】

❺ たに【谷】

❻ とる【取る】

❼ ねる【寝る】

❽ たれ【誰】（古）

單字重音

❶ そ̃ら

❷ と̃り

❸ は̃る

❹ ま̃るい

❺ こ̃れ

❻ は̃れ

❼ おふ̃ろ

聽聽我說

❶ にくは　すきですか。
（你喜歡吃肉嗎？）

はい、すきです。
（喜歡。）

やさいは　どうですか。
（那蔬菜呢？）

やさいは　すきでは　ありません。
（我不喜歡吃蔬菜。）

❷ ゆりは　すきですか。
（你喜歡百合花嗎？）

いいえ、ゆりは　すきでは　ありません。
（不，我不喜歡百合花。）

さくらは　どうですか。
（那櫻花呢？）

さくらですか。さくらは　すきです。
（櫻花嗎？我喜歡櫻花。）

❸ いぬは　すきですか。
（你喜歡狗嗎？）

はい、とても　すきです。
（是，我很喜歡。）

ねこは　どうですか。
（那貓呢？）

すきでは　ありません。
（不喜歡。）

❹ くるまは　すきですか。
（你喜歡車子嗎？）

はい、すきです。
（是，喜歡。）

ふねは　どうですか。
（那船呢？）

ふねは　すきでは　ありません。
（我不喜歡船。）

答案

❶ A　❷ B　❸ A　❹ A

聽聽你說

❶ にくは　すきですか。
はい、すきです。
やさいは　どうですか。
やさいは　すきでは　ありません。

❷ ゆりは　すきですか。
いいえ、ゆりは　すきでは　ありません。
さくらは　どうですか。
さくらですか。さくらは　すきです。

❸ いぬは　すきですか。
はい、とても　すきです。
ねこは　どうですか。
すきでは　ありません。

❹ くるまは　すきですか。
はい、すきです。
ふねは　どうですか。

ふねは　すきでは　ありません。

10 わ行

聽寫假名

❶ え　❷ を　❸ い　❹ わ　❺ え
❻ う　❼ を

聽寫單字

❶ わに【鰐】

❷ かわいい【可愛い】

❸ にわ【庭】

❹ いわ【岩】

❺ わたし【私】

❻ かわ【川】

❼ よわい【弱い】

寫正確

❶ にしかわ【西川】②

❷ たかはし【高橋】②

❸ うえの【上野】⓪

❹ あおき【青木】⓪

❺ はやし【林】⓪

❻ なかむら【中村】⓪

❼ いしかわ【石川】⓪

❽ やまもと【山本】⓪

單字重音

❶ わ⒯し

❷ よ⒲い

❸ あ⒲

❹ い⒲

❺ か⒲

❻ か⒲いい

❼ ⒲に

聽聽我說

❶ かんこくは　いま　なんじですか。
（韓國現在幾點？）

　ごご　3じです。
（下午3點。）

　てんきは　どうですか。
（天氣怎麼樣呢？）

　ゆきが　ふって　います。
（在下雪。）

❷ イタリアは　いま　なんじですか。
（義大利現在幾點？）

　よる　9じです。
（晚上9點。）

　てんきは　どうですか。
（天氣怎麼樣？）

　あめが　ふって　います。
（在下雨。）

❸ アメリカは　いま　なんじですか。
（美國現在幾點？）

　あさ　7じです。
（早上7點。）

　てんきは　どうですか。
（天氣怎麼樣？）

　はれて　います。
（天氣晴朗。）

❹ おおさかは　いま　なんじですか。
（大阪現在幾點？）

　ごぜん　10じです。
（上午10點。）

　てんきは　どうですか。
（天氣怎麼樣？）

　くもって　います。
（陰天。）

答案

❶ D　❷ A　❸ C　❹ B

聽聽你說

❶ かんこくは　いま　なんじですか。
　ごご　3じです。

　てんきは　どうですか。
　ゆきが　ふって　います。

❷ イタリアは　いま　なんじですか。
　よる　9じです。
　てんきは　どうですか。
　あめが　ふって　います。

❸ アメリカは　いま　なんじですか。
　あさ　7じです。
　てんきは　どうですか。
　はれて　います。

❹ おおさかは　いま　なんじですか。
　ごぜん　10じです。
　てんきは　どうですか。
　くもって　います。

11 が行

聽寫單字

❶ かぎ【鍵】

❷ ごご【午後】

❸ えいが【映画】

❹ えいご【英語】

❺ げつようび【月曜日】

❻ てがみ【手紙】

❼ かいぎ【会議】

區別發音

❶ きげん【期限】

❷ こい【恋】

❸ ぎん【銀】

❹ かぎ【鍵】

❺ かぐ【家具】

❻ ここ

❼ がい【害】

❽ がむ【ガム】

寫正確

1 きぎ【木々】①
許多樹

2 きかい【機会】②
機會

3 かがい【加害】⓪
加害

4 きんか【金貨】①
金幣

5 がらがら①⓪
空空蕩蕩

6 ありますが③
有

單字重音

1 て⓪がみ

2 か⓪ぎ

3 か⓪いぎ

4 い⓪りぐち

5 げ⓪ようび

6 ご⓪ご

7 え⓪いご

聽聽我說

1 おとうさんは　くるまを　あらって
います。
（父親在洗車。）

2 おかあさんは　でんわを　かけて
いません。
（母親沒有在打電話。）

てがみを　かいて　います。
（在寫信。）

3 おにいさんは　なにを　して　いま
すか。
（哥哥在做什麼？）

おんがくを　きいて　います。
（在聽音樂。）

4 あなたは　なにを　して　いますか。
（你在做什麼？）

おふろに　はいって　います。
（我在洗澡。）

答案

1 D　**2** C　**3** A　**4** B

聽聽你說

1 おとうさんは　くるまを　あらって
います。

2 おかあさんは　でんわを　かけて
いません。

てがみを　かいて　います。

3 おにいさんは　なにを　して　いま
すか。

おんがくを　きいて　います。

4 あなたは　なにを　して　いますか。

おふろに　はいって　います。

12 ざ行

聽寫單字

1 そうじ【掃除】

2 しずか【静か】

3 すず【鈴】

4 かぞく【家族】

5 かず【数】

聽聽看

1 f　**2** e　**3** a　**4** c　**5** b

區別發音

1 かじ【火事】

2 ふそく【不足】

3 ずえ【図絵】

4 すずめ【雀】

5 あし【足】

6 しぜん【自然】

⑦ あさ【麻】

⑧ いず【伊豆】

單字重音

① み(じ)かい

② そ(う)じ

③ (か)ず

④ (し)ずか

⑤ か(ぜ)

⑥ れ(い)ぞうこ

⑦ (か)ぞく

聽聽我說

35 さいぐらいの　おとこです。
（35 歳左右的男人。）

せは　あまり　たかく　ないです。
（個子不怎麼高。）

かみの　けは　ながくて　くろいです。
（頭髮很長，是黑色的。）

答案

A

聽聽你說

35 さいぐらいの　おとこです。

せは　あまり　たかく　ないです。

かみの　けは　ながくて　くろいです。

13 だ行

聽寫單字

① だいどころ【台所】

② どちら

③ くだもの【果物】

④ でる【出る】

⑤ どこ

⑥ からだ【体】

⑦ つづく【続く】

區別發音 ❶

① ×【たいせつ】⓪

② ×【だれ】①

③ ○【どちら】①

④ ○【はなぢ】⓪

⑤ ×【ひろい】②

⑥ ×【どく】②

⑦ ×【できる】②

區別發音 ❷

① はら【腹】

② だく【抱く】

③ りく【陸】

④ なだ【灘】

⑤ とる【取る】

⑥ てる【照る】

單字重音

① く(だ)もの

② だ(いどころ)

③ つ(づく)

④ う(で)

⑤ (で)る

⑥ (ど)ちら

⑦ (ど)こ

聽聽我說

🅐 ③
うみに　いって、けがを　しました。
たいへんでした。
（到海邊，受傷了，真不得了。）

🅑 ①
レストランに　いって　すきやきを
たべました。おいしかったです。
（去餐廳吃壽喜燒，很好吃。）

© 4

しぶやに いって、えいがを みました。おもしろかったです。
（去澀谷看電影，很有趣。）

Ⓓ 2

あねの いえに いって、めいの せわを しました。いそがしかった です。
（到姊姊家，照顧姪子，忙壞了。）

聽聽你說

❶ レストランに いって すきやきを たべました。おいしかったです。

❷ あねの いえに いって、めいの せわを しました。いそがしかったです。

❸ うみに いって、けがを しました。たいへんでした。

❹ しぶやに いって、えいがを みました。おもしろかったです。

14 ば行

聽假名

が	ぎ	ぐ	げ	ご
7	10	2	13	20
ざ	じ	ず	ぜ	ぞ
1	19	9	18	17
だ	ぢ	づ	で	ど
16	6	11	12	3
ば	び	ぶ	べ	ぼ
4	15	14	8	5

聽寫單字

❶ あびる【浴びる】

❷ ぼうし【帽子】

❸ あぶない【危ない】

❹ たべる【食べる】

❺ ことば【言葉】

❻ ぶたにく【豚肉】

❼ どようび【土曜日】

區別發音

❶ ぶじ【無事】

❷ あめ【雨】

❸ うみ【海】

❹ いま【今】

❺ さびしい【寂しい】

❻ おもい【重い】

❼ さむい【寒い】

單字重音

❶ あびる

❷ どようび

❸ あぶない

❹ ぶたにく

❺ ゆうべ

❻ たべる

❼ ぼうし

聽聽我說

Ⓐ 4

ここで タバコを すわないで ください。
（請不要在這裡抽煙。）

すみません。
（對不起。）

Ⓑ 3

もう でんわを しないで ください。
（你別再打電話給我了。）

わかったわ。
（好啊！）

Ⓒ 1

うんてんちゅう、けいたいを かけないで ください。
（開車時不要打手機。）

すみません。
（對不起。）

D 2

てがみを みないで ください。
（不要看我的信。）

けち。
（小氣鬼。）

聽聽你說

❶ うんてんちゅう、けいたいを かけないで ください。すみません。

❷ てがみを みないで ください。
けち。

❸ もう でんわを しないで ください。
わかったわ。

❹ ここで タバコを すわないで ください。
すみません。

15 ぱ行

聽寫單字

❶ ぽかぽか

❷ ぱす【パス】

❸ ぺこぺこ

❹ ぴかぴか

❺ ぴあの【ピアノ】

❻ ぱいぷ【パイプ】

❼ ぱり【パリ】

區別發音❶

❶ ×【ぱり】①

❷ ○【ぴあの】⓪

❸ ○【ぽすと】①

❹ ×【ぴすとる】⓪

❺ ×【ぷろ】①

❻ ○【ぱたぱた】①

❼ ×【ぺこぺこ】①

區別發音❷

❶ すぺる【スペル】

❷ さんぶん【散文】

❸ しんぶん【新聞】

❹ パパ

❺ ひん【品】

❻ パン

❼ せんぼん【千本】

❽ ぴくぴく

單字重音

❶ ぱんだ

❷ ぴあの

❸ ぴかぴか

❹ ぷりん

❺ ぱいぷ

❻ ぺこぺこ

❼ ぽかぽか

聽聽我說

❶ キンさん、タイプが できますか。
（金小姐會打字嗎？）

はい、できます。
（會的。）

❷ ゴルフが できますか。
（會打高爾夫球嗎？）

はい、できます。
（會的。）

❸ からてが できますか。
（會打跆拳道嗎？）

いいえ、できません。
（不‧不會。）

❹ パチンコが できますか。
（會打柏青哥嗎？）

いいえ、できません。
（不，不會。）

❺ えいごが　できますか。
（會説英語嗎？）

もちろん、できますよ。
（當然會啊！）

❻ にほんごが　できますか。
（會説日本話嗎？）

はい、できます。
（會的。）

答案

❶ ○　❷ ○　❸ ×　❹ ×

❺ ○　❻ ○

聽聽你說

❶ キンさん、タイプが　できますか。
はい、できます。

❷ ゴルフが　できますか。
はい、できます。

❸ からてが　できますか。
いいえ、できません。

❹ パチンコが　できますか。
いいえ、できません。

❺ えいごが　できますか。
もちろん、できますよ。

❻ にほんごが　できますか。
はい、できます。

16 撥音

聽寫單字

❶ おんな【女】

❷ ぎんこう【銀行】

❸ げんき【元気】

❹ たいへん【大変】

❺ じかん【時間】

聽聽看

❶ d　❷ f　❸ e　❹ c　❺ a

區別發音

❶ しんぶん【新聞】

❷ かじ【火事】

❸ あし【足】

❹ しんさつ【診察】

❺ あな【穴】

❻ かだい【課題】

❼ げんき【元気】

❽ ぶか【部下】

單字重音

❶ えんぴつ

❷ おんな

❸ かびん

❹ ぎんこう

❺ げんき

❻ たいへん

❼ じかん

聽聽我說

❶ D　❷ C　❸ A　❹ B

❺ F　❻ E

聽聽你說

❶ もしもし、なかやまさんの　おたく
ですか。

❷ いいえ、ちがいます。

❸ 2345の　6789の　なかやまさんじゃ
ありませんか。

❹ いいえ、こちらは　2345の　6798です。

❺ あっ、しつれいしました。まちがえ
ました。

17 片仮名

聽寫片假名

① サ ② フ ③ オ ④ ナ ⑤ ヒ
⑥ ソ ⑦ ス ⑧ ワ ⑨ ケ ⑩ ナ
⑪ セ ⑫ ユ ⑬ ヨ ⑭ ア ⑮ テ
⑯ ロ ⑰ ツ ⑱ チ ⑲ ム ⑳ ヌ
㉑ ル ㉒ ヲ ㉓ ヤ ㉔ ウ ㉕ キ
㉖ ネ ㉗ ク ㉘ ホ ㉙ コ ㉚ マ

聽寫單字

❶ テレビ

❷ ライオン

❸ アメリカ

❹ カメラ

❺ バイオリン

❻ イギリス

❼ ラジオ

單字重音

❶ ラジオ

❷ テレビ

❸ アメリカ

❹ イギリス

❺ ライオン

❻ プレゼント

❼ バイオリン

聽聽我說

ⓐ 3
ビールを のみましょう。
（我們來喝啤酒吧！）

いいですね、のみましょう。
（好啊，喝吧！）

ⓑ 2
テニスを しましょう。
（我們來打網球吧！）

テニスは ちょっと…。
（我不會打網球…。）

ⓒ 1
かわで およぎましょう。
（我們去河川游泳吧！）

いいですよ。
（好啊！）

ⓓ 4
ごご、えいがを みに いきましょう。
（下午看電影去吧！）

ごごは ちょっと…。
（下午，我有事…。）

聽聽你說

❶ かわで およぎましょう。
いいですよ。

❷ テニスを しましょう。
テニスは ちょっと…。

❸ ビールを のみましょう。
いいですね、のみましょう。

❹ ごご、えいがを みに いきましょう。
ごごは ちょっと…。

18 促音

聽寫單字

❶ はったつ【発達】

❷ けっこん【結婚】

❸ みっつ【三つ】

❹ こっか【国家】

❺ ざっし【雑誌】

❻ きっぷ【切符】

❼ いっさつ【一冊】

區別發音❶

1. いっち【一致】
2. さか【坂】
3. あっし【圧死】
4. ぶし【武士】
5. あっか【悪化】
6. おと【音】
7. など【等】
8. はっぱ【葉っぱ】

區別發音❷

1. ×【にっぽん】③
2. ○【やっつ】③
3. ×【だんたい】⓪
4. ○【きっさてん】⓪
5. ×【にっき】⓪
6. ×【ふつか】⓪
7. ×【こっか】①

單字重音

1. けっこん
2. いっさつ
3. ざっし
4. はっさい
5. みっつ
6. りっぱ
7. きっぷ

聽聽我說

1. C 2. D 3. B 4. A

聽聽你說

1. まっすぐ いって ください。
2. みぎに まがって ください。
3. はしを わたって ください。
4. はなやは あなたの ひだりに あります。

19 長音

聽寫單字

1. うれしい【嬉しい】
2. おとうと【弟】
3. ラーメン
4. えいご【英語】
5. くうき【空気】
6. こうえん【公園】
7. アパート

區別發音❶

1. ×【にいさん】①
2. ○【ゆうじん】⓪
3. ○【せんせい】③
4. ×【のうみん】⓪
5. ×【ゆき】②
6. ○【そうじ】⓪
7. ○【ゆめ】②

區別發音❷

1. こうい【好意】
2. へや【部屋】
3. ゆうき【勇気】
4. くろう【苦労】
5. ビール
6. かど【角】
7. アート
8. ちず【地図】

單字重音

① ⌒ラ⌒ーメン

② お⌒おさ⌒か

③ ⌒く⌒うき

④ え⌒いご⌒

⑤ お⌒ね⌒えさん

⑥ こ⌒うえ⌒ん

⑦ お⌒とう⌒と

聽聽我說

Ⓐ ③

たなかさんは　おねえさんが　ふた
り　います。
（田中有兩個姊姊。）

うえの　おねえさんは　ぼうえきが
いしゃに　つとめて　います。
（上面的姊姊在貿易公司上班。）

したの　おねえさんは　フリーター
です。
（下面的姊姊在打零工。）

Ⓑ ②

たなかさんの　おかあさんは　せん
せいでした。
（田中的母親以前是老師。）

でも　いまは　いえに　います。
（現在在家裡。）

Ⓒ ①

たなかさんの　おとうさんは　おい
しゃさんです。
（田中的父親是醫生。）

Ⓓ ④

たなかさんの　おばあさんは　80さ
いです。
（田中的奶奶 80 歲。）

聽聽你說

① たなかさんの　おとうさんは　おい
しゃさんです。

② たなかさんの　おかあさんは　せん
せいでした。でも　いまは　いえに
います。

③ たなかさんは　おねえさんが　ふた
り　います。うえの　おねえさんは
ぼうえきがいしゃに　つとめて　い
ます。
　したの　おねえさんは　フリーター
です。

④ たなかさんの　おばあさんは　80さ
いです。

⟨20⟩ 拗音

聽寫單字

① きょねん【去年】

② しゅくだい【宿題】

③ びょういん【病院】

④ ニュース

⑤ じゅんび【準備】

聽聽看

① f　**②** b　**③** e　**④** a　**⑤** d

區別發音

① きゃく【客】

② ひやく【飛躍】

③ いしや【石屋】

④ きょく【曲】

⑤ きゅうこう【急行】

⑥ すうじ【数字】

⑦ つうしん【通信】

⑧ しようにん【使用人】

單字重音

① ⌒き⌒ょねん

❷ しゅ(く だい)

❸ (シャツ)

❹ ちゃ(いろ)

❺ こん(にゃく)

❻ りょ(こう)

❼ (きょう)

聽聽我說

❶ この　じてんしゃは　いくらですか。
（這輛腳踏車多少錢？）

10000 えんです。
（10000 日圓。）

❷ この　シャツは　いくらですか。
（這件襯衫多少錢？）

2000 えんです。
（2000 日圓。）

❸ この　ぎゅうにくは　いくらですか。
（這牛肉多少錢？）

1500 えんです。
（1500 日圓。）

❹ この　ジュースは　いくらですか。
（這瓶果汁多少錢？）

100 えんです。
（100 日圓。）

(答案)

❶ 10000 えんです。

❷ 2000 えんです。

❸ 1500 えんです。

❹ 100 えんです。

聽聽你說

❶ この　じてんしゃは　いくらですか。
10000 えんです。

❷ この　シャツは　いくらですか。
2000 えんです。

❸ この　ぎゅうにくは　いくらですか。

1500 えんです。

❹ この　ジュースは　いくらですか。
100 えんです。

即學即用 13

每天10分鐘
日語發音
自學就會
練習發音・會話・單字集（16K+MP3）

發行人	林德勝
著者	吉松由美
出版發行	山田社文化事業有限公司
	地址　臺北市大安區安和路一段112巷17號7樓
	電話　02-2755-7622　02-2755-7628
	傳真　02-2700-1887
郵政劃撥	19867160號　大原文化事業有限公司
總經銷	聯合發行股份有限公司
	地址　新北市新店區寶橋路235巷6弄6號2樓
	電話　02-2917-8022
	傳真　02-2915-6275
印刷	上鎰數位科技印刷有限公司
法律顧問	林長振法律事務所　林長振律師
定價+MP3	新台幣310元
初版	2020年 12 月

ISBN : 978-986-246-594-3
© 2020, Shan Tian She Culture Co., Ltd.